胡湘玲◎著

不只是盖房子

清华大学出版社

北京

引进版图书版权登记号　图字：01-2010-4449

图书在版编目（CIP）数据

　　不只是盖房子/胡湘玲著. ——北京：清华大学出
版社，2011.7
　　ISBN 978-7-302-25250-4

　　Ⅰ.①不… Ⅱ.①胡… Ⅲ.①随笔-作品集-中国-
当代 Ⅳ.①I267.1

　　中国版本图书馆CIP数据核字（2011）第065050号

责任编辑：徐　颖　秦　裕
装帧设计：谢晓翠
责任校对：王凤芝
责任印制：杨　艳
出版发行：清华大学出版社　　　　　　　　地　　址：北京清华大学学研大厦A座
　　　　　　http://www.tup.com.cn　　　　　　邮　　编：100084
　　　　　　社 总 机：010-62770175　　　　　　邮　　购：010-62786544
　　　　　　投稿与读者服务：010-62776969, c-service@tup.tsinghua.edu.cn
　　　　　　质量反馈：010-62772015, zhiliang@tup.tsinghua.edu.cn

印装者：北京天成印务有限责任公司
经　销：全国新华书店
开　本：145×210　　　　　**印　张：**5.75　　　　**字　数：**163千字
版　次：2011年7月第1版　　　**印　次：**2011年7月第1次印刷
印　数：1～6000册
定　价：32.00元

产品编号：038620-01

起 家

2004年2月底的一个中午时间，跟熟识与才要熟识的朋友约好吃饭。通常在交换名片、询问点餐意见之后，等待上菜这段说短不短、说长不长的"暂停"，是决定之后谈话是否投机与热烈的关键。

"我听到说，你在潭南盖起了一栋房子？"即将熟识的朋友用典雅的河洛语开始话题。

愣了一下的我说："对！是去年3月。那时候有一两百位志工参加。"

"对呀！报纸都有报得很大。"熟识的朋友热情地补充。

相较于朋友的热情，我有点反应不过来的迟钝。打从去年（2003年）3月30日粗坯屋完成，随着一群既吵闹又热情的朋友离开在潭南盖房子这短短一个月的"山居岁月"，这是第一次遇到如此"状况外"的问题。说"状况外"，不仅因为那位即将熟识的朋友的确不生活在这个盖房子的脉络中，也因为我乍遇这个"起家"的问题。

在这短短的暂停时间，我不知不觉地走进一位老师的故事……

念研究所时，台湾还处在20世纪80年代最末90年代最初、社会未开初开的暧昧与混沌中。教发展社会学的老师每每提到他在结束美国的学业回到家乡的旅程中，当飞机逼近见得着台湾岛屿的上空时，挑起他心里"黄昏的故乡"的吟唱，涌出的泪水就再怎么样也藏不住了。

这样的经验，是始终奔波往来于台湾与德国间的我，所无法想象与体会的。或许是时间与社会的脉络已经远去，可是，这却无法回答我自己"哪里是故乡"的问题。于是，在2004年2月底的一个中午时间，我与熟识与刚熟识的朋友一起吃饭的谈话里，藉由一个状况外的提问，潭南协力造屋的影像又在我眼前演了一次。的确，事情没有结束。因为家的意象，就在脑海浮现的人影与人声中流泻了出来。

以前我对家的系念牵在一条对家人的情感与责任上。现在，我对家的系念更联结在许许多多朋友共同的努力上。与土地的亲近，从来都存在于我未启蒙的蒙昧领域。因为动手盖起站在潭南的房子，朋友、邻里、土地与生活，突然之间才在我的知识领域成为立体与活生生的存在。所以，我跟刚刚熟识的朋友说：

"这栋房子好像是帮我盖的。"

好多朋友都曾说过这句放话，今天也从我心里冒了出来。

似乎是帮我为我这个话题做个总结一般，朋友说："我想，那不只是'盖房子'，也是'起一个家'。"

是的，我们一起起了一个家，找到一个心可以有所系的地方。那个地方在我妈跟我说"下次也要当志工"时，在好友纷纷上山加油打气时，在感觉生气无依却在不期待中冒出朋友支持与安慰的笑脸时，在大家诉说故事寻找知音时，在来来回回、上山下山，从陌生到熟悉的过程中，也在期待、失望、争辩、讨论与放松的学习中。

在脱轨之后的许久许久，也在大家回到正常生活之后的许久许久。2003年3月在潭南的盖房子之所以舍得记忆，就在于我们不仅记得，而且还持续地诉说与传递这个故事。在绣莲回到老家，用爆米花锅子把一串串像极小圆满的咖啡果实炒成诱人香味的巧思中；在小非以一分耕耘一分收获的态度，与中寮的朋友滴汗经营溪底遥柳丁与老朋友龙眼干的努力中；在珂辉随着季节松土、施肥、套袋，独自在山上种甜柿，却将收成留给老天与土地的农夫信念中；在叶晔与"欢喜扮演团"在"国家剧院"开出"春天的花蕊"，与我们在山上分享老人剧团里比戏还像戏的真实人生中；在围绕槟榔花香与谷长老、Tiang与村长围坐该走向何方的细谈中；在湘玫经过层层抽剥心绪，试图找到重点的纪录片拍摄中；在大家回到生活一次次见面寻常聊天说地中……

我们2003年3月在潭南的故事，我们一起动起双手劳动的故事，我们一起盖房子、一起起家的故事，就带着距离踩踏而来。

目录
Contents

事情的开始 》

2002.02-2003.02

想家 ↘

　　家乡农历新年的年关近了，在昏暗的冬日黄昏里，我坐在环伺书籍十多平方米大的办公室里想家，想象在家里的人们正怎么样地准备着，好度过这即将过去的一年。我只是透过电脑，透过网络里的人声喧哗，试图在学校既漫长又孤单的研究工作里，找到一些亲切与熟悉的话语。

　　那是2002年的1月，在网络里不仅寻得家乡的人声，也听到哭泣的声音。因为年关将近，"九二一"灾区的自杀率"居高不下"。

　　这类的新闻或许早已经不是新闻，许多令人黯然的景况，其实不会、也不应该是伴随在日常生活中的常态。不过，许多事情之所以对我产生冲击，并不因为那是一桩被报导的新闻，也不在于"新闻"的立即性。而是因为我远远地生活在十万八千里之外的异国，透过时间与距离，令人黯然的景况，既不是新闻也不是事件，反而以一种脱离现实的"真实面貌"呈现。在2002年1月的隆冬里，许许多多过期的报导，当然也包含许许多多已经成为旧闻的人生与人声，常常挂在我这个没有"九二一"经验的人心上。我想，一直以来我是清楚的。特别是在自己也处于一种随时需要帮助与问候的情况下，来自亲身实作的生活经验，在这个凄冷寒冬里让我开了心眼，突然明了新闻字眼"自杀率"在统计数字之外的意义。

　　所以，德国家园协会为车诺比（注：即切尔诺贝利）核灾灾民寻找新家、打造新家的事迹，在"想'家'"的脉络下，成为我的非常碰撞。

　　一样是灾难的现场。发生于苏联车诺比的核能灾变，从1986年4月26日一直到今天，超过两百万的居民仍然居住在受到高剂量辐射污染的白俄罗斯、乌克兰与俄罗斯。他们仍然在寻找，寻找一块干净的土地，好让他们在土地上建造可以自由呼吸、耕种与生活的"家"。在远离核灾现场的台湾岛屿，"九二一"的重建似乎始终赶不及灾民放弃自己与放弃未来的速度。可是这些在新闻字眼里"活不下去的灾民"，所求的不也是一个可以安居的"家"吗？究竟，什么是"家"？是一辈子背负贷款沉重的壳吗？是标示着景气指针、价格上升下降与市井小民毫不相干的房地产业吗？还是得累积足够的资产，才能成的"家"？

我不知道，但是我寻求答案。究竟在我长长的异国生活中，透过网络的联系，透过与家人与朋友的联系，想象那个我不能亲自参与的部分。那个部分尽管没有我的参与，可是却有我的系念。那个部分究竟是什么？我想，或许那就是我寻找答案的地方。

于是，在2002年2月1日，我在平日最有联系的Science Study Mailing List网络社群写下我最初的想法。其中讲到，德国朋友从1991年开始到现在，每年夏天捐出三星期假期前往白俄罗斯，以劳动度假的心情，与车诺比核灾灾民一起以健康、自然、就地取材的建筑方式，以木为梁，灌注黏土与木屑造墙，以团体、小区参与的互助形态，用未经专业训练的手，协力盖起房子。这个故事开始在朋友的网络间流传。

从黏土木架传统建筑方式的营造，我逐渐看到一条连接家的丝线，在人际网络中串连起来。

小小的善念 ↘

许多上山盖房子的朋友们说，2003年3月在潭南盖房子的这件事情开始于"一个小小的善念"。可是一个小小善念的实现，并不在善念涌现的那一刹那。特别是在事情即将成形的2003年2月20日，同在Science Study Mailing List的好友林宜平提醒我："南投乡间灾后住宅的问题，不只在建筑技术，也在土地……一块百年祖厝（注：即祖屋）的土地，可能有一两百名继承人，出钱盖房子的往往是住在都市里'衣锦还乡'的宗亲，而真正住在被震垮的祖厝里的，却又常是宗族里无法在都市丛林里讨生活的穷亲戚们。到底谁拥有土地？谁拥有祖厝？谁拥有重建后的新建筑？我故乡的林姓宗亲们至今还无法解决纷争……"

的确，住宅与重建问题的关键不在于单纯的技术使用，社会生产的关系也不可能因为一个活动就产生根本的转变。而小小善念的初始，其实根本不能保证什么，特别是我们处在一个既是联系也是脱离的脉络中；特别是，因为早已习惯事不关己的世故，善念是否具有意义，其实取决于我们自己到底能够记得多久。所以，在"事后"仔细的追究，我想这个善念的持续与终能有所实践，或许不仅仅因为系念在心的"九二一"灾难，还更因为在德国所经历到的感动联系到我在家乡的系念——一个除了政治抗争之外不同的能源思考，一种对未来乐观的想象。

2002年2月，我回到家。许多许久不见也不常联系的老朋友，似乎在一夕之间，在这个小小善念的引发下，纷纷因为共同的话题而现身。不仅是在学术圈的朋友们，在运动界的朋友们也为我恶补不曾涉足的"小区营造"。"九二一"地震不只是灾难，同时也震出人与人之间的相知与合作，当然也震出资源分配的纷乱，以及在纷乱下的竞争、持续与退出。这些，都是我从来未曾听闻的。

在电话中我跟清大彭明辉老师谈了很久。他曾经全力投入"九二一"灾区重建，却在现实的倾轧下不得不中途退出。以他在灾区的经验，他跟我说了自己"退出"的心路历程，还讲了在"五分之三的民间团体是为了个人利益，社会服务团体有存活问题"的实况下，"找出需要的人，是最困难的事情"。

当时离灾后已两年有余，时间已经把有钱的、没钱的、有能力留下重建的、被迫离开的做了一次淘选。"留在灾区的弱势族群，不是失业就是既老又穷。他们不是不需要帮忙，而是我们不知道该怎么样帮忙了。"彭老师分析得既肯定又充满遗憾。于是在彭老师的引荐下，在2002年2月13日，农历大年初二，据说以类似"自助人助"的方式在灾区进行重建的谢英俊建筑师来到彭老师清大东院的住处。

这是我们第一次见面。短暂、匆忙，还是在见面的途中临时敲定的，我原本以为这是特殊的年节现象。在后来几次的事先约定中，不论是从南投到宜兰经过台北可能的停留，或者是途经新竹可能挤出的一个小时，无法如期达成约定似乎成为谢英俊忙碌下的宿命。彭老师说："理想很好，实践很难。"难，可能就难在于已经无法改变、甚至已经无法察觉的积习。不过，这毕竟不是在当时的我所能观察到的。

愈与朋友联络，愈从朋友的经验中听到不同的故事，愈感觉自己是局外人。特别是许多熟悉或不熟悉的名字，不停地出现在团体、联盟、民间组织、政府单位的人事牵连与利益纠葛中，我找不到自己观察的位置，更不要说实践什么善念的立足点了。3月初，在该知道的复杂与困难都已经被告知了之后，我途经埔里来到日月潭，来到谢英俊在伊达邵的"老巢"，见识他以轻钢构试图为原住民"自立造屋"的基地。如果顺其自然地发展，我小小的善念可能早已夭折在以学术理性来分析这

一个小小的善念，牵动起"自助人助"的心愿，让来自四面八方的人们聚集起来，共同努力。2003年3月，台湾"九二一"地震后，在发起人的感召下，许多志工纷纷赶往南投县信义乡潭南村，徒手为灾民搭建房屋。每一位参与活动的朋友，在付出心力与时间的同时，都感受到了人们相互间的真挚情意。

完全无法理解的混乱中。然而，在混乱中，我来到鱼池乡社水小区大雁里鱼雁巷。车行经过站在路旁一栋完全废置的建筑，让我重新检视曾经充满疑惑的想法。就是透过德国黏土木架屋（Fachwerkhaus）的图像，我的眼睛才真正"见着"这在20世纪盛行于台湾中部的穿斗式建筑，才"见着"竹编泥墙与大木结构在台湾传统社会人声嘈杂中的互相帮忙的精神。在这里我才放下心。原来，在德国被启发的建筑概念不是"引进"，因为我在这里"发现"了传统。

在混乱中，我拜访了位于中正村阿义的家。对比于警察哥哥贴满二丁挂（装饰外墙的一种瓷砖）水泥"洋房"的富丽堂皇，阿义在他以轻钢构自立造起的家中，有些不好意思地跟我们说着他用捡来的石板铺地。我问他喜欢自己的，还是哥哥的房子？

"要是有能力，谁不盖水泥房子呢？"他回答。

"我就不。我也自己盖房子，就跟你一样。所以我知道你的厉害。"我看到他的眼睛闪了一下。我想，我看到家的成形，也遇到自己最初小小的善念。

随着时间的推移，我发现自己竟然开始以"一起做些什么"来为意志消沉的朋友打气，开始跟运动界的朋友讲起在2003年3月即将发生的协力造屋。我想，这当初小小的善念已经成为理性思考后愿意承接的责任。

招募志工的信↘

在3月潭南协力造屋计划中，我们与谢英俊合作尝试使用黏土作为建材，以大木构，也就是劳力密集的建筑方式，来策划这个工作营。因为唯有劳力密集，以及将技术的复杂度降到最低，以成熟的工法对环境友善地就地取材，才可以将我们藉由劳动与实践的沟通效果发挥到最大。同时，这也是对居住者应有的尊重——我们不应该也不允许拿他人的安居来进行任何一种实验。而这种工法，在德国、白俄罗斯，以及台湾，都不是陌生的建筑方式。

2003年1月4日。天气阴霾低沉，室温低于零下12摄氏度，我坐在家里一张既临时又克难的书桌前，像是把烙印在心里的话直接抄录下来一样，写下招募志工的信：

如果以下所提，碰撞到你心里挣扎已久、想放弃又不甘放弃的努力，触动到你始终不能被麻痹的理想神经，激起你长久以来实践生活的期望，那么，你就是我们要找的人！诚挚邀请你参与我们2003年3月，与谢英俊建筑团队合作的工作营——为灾民盖一栋黏土木架屋。

透过大家合力动手的参与，或许在那里，我们可能共同厘出一个建筑在我们这个时代对社会与世界的想象，一个"我们的社会该走向哪里"的共同价值！

﹥﹥﹥﹥﹥﹥﹥﹥﹥﹥﹥﹥﹥﹥﹥﹥﹥﹥﹥﹥﹥﹥﹥﹥﹥﹥﹥﹥﹥

如果你曾经长期投身社会运动，为打造"较好的台湾"而努力；或许你还坚持在这辛苦的位置；或许你已经因为对台湾社会的失望而选择离开；或许你仍旧充满兴致积极努力；或许你已经感到疲倦，不知道该走向何方。

如果你曾经享受那段“亲戚好友哗一哗”就能盖起房子、用牛屎就能糊墙的过去时光；如果你也跟我一样，幻想着可能再度重温这样的传统；如果你想为自己、为自己的族群，卷起袖子，锻炼起膀子，动手盖起自己的房子。

如果你厌倦了工业社会强调的效率与速度；如果你过腻了在钢筋水泥都市森林下讨的生活；如果你想尝试什么是结合生态与生活的健康居住；如果你期待有天不必大量倚赖电力驱动冷气，才能供给所谓舒适的住家环境。

如果你是自愿性或非自愿性失业，想破脑袋希望找出一个能够说服自己乐观走下去的人生价值；如果你期望有朝一日展现自己还有“遗弃老板去旅行”的魄力。

如果你得镇日困守书桌、办公桌、电脑桌，憧憬贴近阳光与流着汗水的工作，欣羡头一沾枕便能呼呼大睡的幸福，也期待证明自己还具有勤用四体的创造本能。

如果你生长在都市，从小除了干净的制服加上手帕卫生纸之外，不知道怎么用泥巴来焢土窑。

是的是的！你就是我们要找的人。我们要一起用泥巴盖房子。

对于你所面临的困难，对于你所身处的无奈，对于短期内无可改变的生存环境与存在已久的社会不义，我们没有办法提供既快速又简单的解决方案。可是我们诚意地邀请你，在2003年3月加入我们的团队。试着用轻松的心情，体会事情原来可以这么简单的真谛——努力了，就可以看见成果。

我们期待，透过一起刨木做钉、撑架木构、一起抡袖搅拌泥水木屑、挥汗工作，在我们不再在意“弄脏”双手的同时，可以一起回想与检讨我们成长时所接收的价值，一起探讨我们现在希望可能过的生活，一起试着找到一个值得流传下去的传统。（节录）

基本上，这是一封写给好久不见的朋友的信，一封邀请函，请大家一起来，一起以“做了就看得到成果”的实践，驱散长久以来的无力感。只是，在这么远的距离，在这么冷的景气，在这么低沉的天气，究竟，朋友在哪里？

几经踌躇，1月8日在南方网站上读到好书店的文章。我上到书店的网站，有点胆战心惊地给素不相识的读者寄出第一封信。不久，从英国传来约瑟芬的回信"欢迎到我的信箱里大叫"。看到她的信，看到她送给我的歌，我笑了，渐渐渐渐轻松下来。因为，我不认识她，可是我却这么认识她。接着，姿伶来信了，杨索来信了，平次来信了，瑞麟来信了，伟文来信了，柯秀薇来信了，樊雯来信了，崇熙、大为、杨文、全人中学……都来信了。没有想到，这封信成为我们的寻人启事，让我们认识好多好多的朋友。有见着面的，也有没有见着面的。有能够在3月参与活动的，也有加油打气的。

许多的朋友在传来的email上的第一句话写着：

"我就是你要找的人。"

在不到一个月当中，我回了上千封的email。原先，我们只需要15~20位朋友参与的计划，一下子被四面八方拥来的热情包围。

事情，就从这里开始了。

一场“大家”的脱轨演出 ↘

[主旨] 志工确认

[时间] 2003.01.26 18:57

亲爱的朋友，

欢迎你加入3月协力造屋的志工行列！藉由这个email想跟你再次确认：

1. 参加时间；

2. 联络地址、电话；

3. 如果有小小朋友的参与，是否需要安排寄宿家庭？

麻烦你务必在1月29日星期三之前，一定以email再次不厌其烦地跟我确认。因为希望加入志工的朋友非常踊跃，不得已，已经把许多朋友列入候补的行列。所以，这项确认工作，对你，对我，以及对其他候补的朋友来说都非常重要。如果你已经在谢英俊建筑团队那里登记过，请一定一定告知，以避免重复登记。

同时拜托拜托，为避免我老眼昏花漏读你的信件，请千万要在email的subject加上[frei032003]

> >

有几件事情想在此跟大家解释与说明：

1. 藉由这个Mailing List，我们将进行志工朋友之间的联络与讯息交流的活动。如果你不愿意列名其中，请务必提出“删除”要求。

2. 要跟所有收到我“先确认”信的朋友抱歉！由于参加朋友与工作周数的调配，迫使我不得不痛苦地麻烦你调整工作时间。非常非常抱歉。

3. 由于工地安全与工地保险的问题，只能将年满十八岁以上的朋友列为工作力。欢迎十八岁以下的朋友参加周末的活动，或者只能在家长的共同参与下，成为工地的好帮手。

4. 由于每个工地只能允许十五位朋友同时工作，因此，在工程开始时，一定是列名志工的朋友才能进入工地（只有少数当地朋友可能临时加入）。因此，请一定确认你的工作时间。

5. 因为这是一个工作营，希望能有大家彼此认识的机会，也培养大家一起盖起房子的感情，因此，我们尽可能一起生活（食宿），一起工作。

6. 每一位志工都是每一位志工的朋友。尽管工作态度与人生经验可能存在差异，可是大家都在心里保留一块可能互相欣赏的空间，也有互相宽容的准备。

7. 志工间的合作、分工与帮忙，不仅是在工地盖房子上，也在生活上，在炊煮、整理营地与看顾小朋友上。

8. 因为我们要到2月底才会回到台湾，所以非常需要在志工朋友中，寻出几位担任地区联络人，以方便联络大家互相认识、交通与庶务的互相支持。非常期待与谢谢愿意分劳的朋友。

9. 在下一封 *Mailing List* 的信中，我将会提供各位联络人的联络方式、各个周末与开工典礼的大致时程与内容。

10. 请大家稍微准备一点小小小小的简介。或许我们可以在 *Mailing List* 上，或者在地方小聚时，藉此方便认识。

以上种种，还有许多繁杂的事项，就让我们从现在，从这封读起来有点呆板的 *email* 开始……让我们大家从现在开始，一起讨论吧！

期待大家的回音。

透过密集而且迅速的动作，几位负责联络的朋友让事情很快地动了起来。一个多月来整天面对电脑收信、回信，接受感动、响应感动，突然之间，这一切透过网络繁忙交通的虚拟世界，似乎即将成真！

在这个事情就要从虚拟的网络，"归真"于人与人直接接触世界的当下，就在要真实地面对一百多位即将捐出时间参与2003年3月潭南协力造屋的活动时，联络人秀华在email中提出最直接的问题："我们可以去做什么？我们要去做什么？"因为脱离常轨，我在德国，在异地、在异文化、在一个与家乡迥异的时空中，以不同的步伐与速度生活、工作与思考。在一个与台湾的人、事、物保持空间与时间距离的位置下，这一件即将发生的事情，我可以从个人经验与思考拨理出清楚的发展脉络，可以从人际间互动的差异来说明想法与预期。从我的角度来看，这件事情是一个有头有尾、有理论根据、有人声喧哗的完整故事。可是，这是"我的角度"。所以，面对这个问题，我没有答案。因为，这是一个"价值"的问题。而关于价值的答案，只有参与的志工自己能回答，而不是我或者任何一位所谓的"主办人"或"发起人"。所以，可以做什么，以及要做什么，取决于参与的每一个自我主体。

这是一个开放的态度。因为参与的志工将从2003年3月3日开始，放下手边的工作，来到一个可能根本就是陌生的地方，与陌生的人一起，从早上八点半工作到下午五点半。以"周"为单位，从星期一到星期五，在工程中的某一个部分贡献自己的力量。在那里，我们一起用手凿木作榫，一起用手搅拌黏土木屑，一起用手体验劳动的意思。这是一次脱离正常轨道、进入时空错置的旅程。

　　然而，在这场旅程中，我想经历的，就是你想做的。对现在、对未来、对物质、对理想的想象，是一个共同的创作，而不是蛰伏于某些人内在的声音。因为，对社会的不公不义，我们有目共睹；对人性的扭曲丑恶，我们都感同身受。可是，单单靠自以为特殊的力量，没有改变既存现实的可能，因为我们都是在这场旅程中普普通通的"大家"。

　　我们知道事情不会自然发生，人也不会自然定位。在对凡事需要带有尊重的心态下，老旧的工法、老旧的人情、老旧的话语、老旧的反应，就在这一次时空错置的旅程中、在"大家"的脱轨演出中重新演绎。

到潭南的路 ↘

我去过潭南，可是我不知道怎么去潭南。

怎么从台北、从台中、从南投、从埔里、从水里，甚至从日月潭去潭南？潭南的地理位置对我们来说，是抽象的。潭南在我们的生活记忆里，是空白的。仅仅凭着一个小小善念的触动，我们在潭南开始一个工作的记忆。

2003年1月21日，我收到"做野生动物研究小工"善理的信。这位自称蛮强壮的女生，住在集集。她在信中跟我说："我家也能提供食宿。虽然我很想带着睡袋、帐篷，在部落工作、炊煮、生活一段时间。但也欢迎大家一起来家里住。"集集跟潭南的距离有多远？可以过夜的距离？难道潭南到集集，仅仅靠脚程就能到达？

2003年1月28日，善理跟我说："集集到潭南，自己开车可能需要40~50分钟。如果是杀手级的，说不定半个小时就能到喔！"

为什么在这样"远"的车程中，善理"本地"的意见，竟然是"欢迎大家一起来家里住"？在事后，她跟我说："从来没有想到可以动用部落的资源。"然而，在2003年1月底，我所知道关于"怎么去潭南"最详细的讯息，来自于善理。一直到现在，几乎还是。

2003年2月6日，善理来信说她去了潭南，从集集到潭南正常行车约40分钟，但"地利桥已不见了，两岸是堆积如山的土石。潭南的山樱已开，部落中的孩童在冬季的暖阳下玩得不亦乐乎。猜测着可能盖黏土木架屋的基地、可能借住的公共空间，等待工作营的到来"。

我也是。

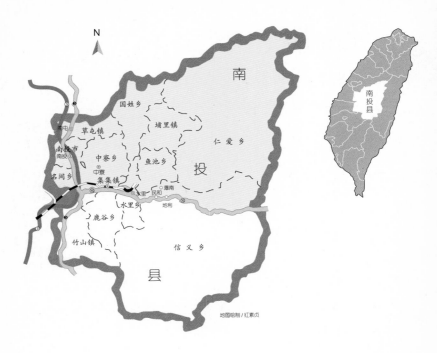

地图绘制/红素贞

◎ 集集到水里是四线道，六公里。水里到顶崁的台16线由四线道变双线道，路况
都良好。左转，进民和、地利，是沿着浊水溪畔，相对较曲折，路也变小，没
有画线道，要注意会车。地利到潭南稍有爬升，但很快就到了，都是柏油路
面，一般轿车都没有问题，部分路段可能仍有护坡植被或桥梁工程进行。

◎ 如果自行开车。南部北上，可走二高在竹山交流道下，接台16甲至集集，再接
台16至民和、地利。在地利村口、地利桥前左转产业道路至潭南。中部地区，
由一高南屯交流道下，接74中彰快速道路至快官，接二高，名间交流道下。北
部南下，在二高名间交流道下，走台3再接台16至地利、潭南。

◎ 若搭火车，请在二水火车站下，转接集集线小火车至水里（集集线小火车在第
二月台搭），再搭丰荣客运进潭南。

◎ 若搭公车，台北—南投，国光号（台汽西站）。南投—水里，总达客运（在台
汽南投站旁边）。水里—潭南，丰荣客运。台中—水里，总达客运，在台汽干
城站旁边，15~20分钟一班，到水里再搭丰荣客运。

◎ 水里到潭南，丰客运运（从水里火车站前7-11统一超商左转），一天有四班公
车：5:50、10:30、13:00、16:00，车程约50分钟，全票54元。

2003年2月9日，导演子英与钊维到达德国进行纪录片的拍摄与准备。我们来到家园协会，在钊维对潭南较详尽的描述与解释下，我与仁正从台湾的地理、气候、近代史，讲到"九二一"大地震。

跟家园协会负责人迪特里希牧师与三位工匠胡伯特、斯特芬、马尔库斯说好，我们回到台湾，他们过来拜访，只为了参与一个"国际工作营"，将一栋黏土木架屋盖好，在环保新思维下，谨慎与实在地把传统工法展现出来。同时，希望藉由劳动来肯定劳动本身的价值，而价值的界定，在于劳动的自己，而不在于别人的眼光与评价。

2月将底，在台湾的联络人已经动了起来，志工那里也传来兴奋与雀跃的心情。然而，从日月潭伊达邵谢英俊工作站那里，稍早上山帮忙的志工阿布，却传来"百废待举"的消息。

怀着既喜也忧的心情，想象着善理信中捎来温暖的冬阳，我们在2月27日搭上飞机，开始了"到潭南的路"。

事情不会自然发生 ↘

　　2002年9月底，在非核亚洲论坛进行的同时，我们跟奔波于文化界的谢英俊建筑师在台北当代美术馆门口碰着了面。盛夏刚过，秋意才起，我们在当代美术馆前，在长安西路交通的嘈杂声中，竟然就远离尘嚣般地从友善的环境谈到友善的居住，也扯开嗓门大声探讨，砍伐自热带雨林的柳桉竟然成为台湾"环保建材"的复杂逻辑。于是，就在艺术馆拆展日的入夜，我们在台北市大马路旁破天荒地架起烤肉架时，在诸多相熟的与耳闻的社运朋友造访时，也在欢愉轻松与乐观的气氛中，我们相约在2003年3月举办的协力造屋工作营，也为大家带来许多脱离窠臼的期盼。

　　在纷乱的环境中保持乐观的态度与积极的作为，是我们与谢英俊建筑师合作的基石。这样的确定，也促使我们从德国打了数不清的电话到日月潭伊达邵，与他进行不断的联系与确认。因为，在这个工作营中，我们将与当地伙伴进行一场藉由劳动"认识自己"的行动。跃跃欲试的期待，在我们大家身上。

　　2003年2月15日，我收到负责联络的朋友"初次相见记录"。

　　今天讨论的事项：

　　1. 把各组联络名单依地区或服务的日期重新分排，之后佳静会把check好的名单给大家。

　　2. 湘玫带来的消息说目前确定可以住的地方有：活动中心、理事长松英雄家二楼、空地露营。

　　3. 要麻烦湘玫把如何利用大众运输工具到潭南或附近的方式转给大家。

4. 诗晴会带手提电脑去。

5. 可能要设报到处。

6. 钰茹可能会先当前锋部队下去看看。

2003年2月16日，即将在第四个工作周来当志工的兰芳在寄来的信中提到："昨日到台大参加介绍格雷·李·唐尼来台讲学的预备工作坊，散会时有个小女生说要参加'盖房子'的事情，声音是喜悦的，好像是个神奇的通关密语。"

需要辗转行车换车才能到达的潭南，是个小小的布农村落。在这条铺得平整的小路旁，住着我们即将认识的朋友。他们将告诉我们能够真正盖起房子的"神奇通关密语"。

然而，要保证这个"神奇通关密语"的实践，其实取决于期待中的不确定，以及在保持距离下的谨慎。事情不会自然发生。事情，就从阿布讲起吧！

25日，我们都叫她阿布的钰茹真的就"人在谢英俊邵族的工作站了"。

"今天去潭南看了现场，发现衣食住行等都要解决。"这是阿布传回来第一个消息。

"小志工"阿布行前日记

苏钰茹

2月25日傍晚到达工作站。一放下行李，就跟工作站的黄先生一起前往潭南村。弯弯曲曲的小路往山里头开去，经过一座水泥桥时，黄先生解释那些大石头都是土石流（注：即泥石流）留下的痕迹。大大小小的石头散落在桥下，没有经验的人很难想象土石流的可怕模样。

没多久，见着警察局，车子慢慢停妥在一间石板屋前。碰到村里长老教会的谷长老，他穿着农作服，黝黑的脸上挂着腼腆的笑容。不久，从一辆厢型车下来一位年轻男子，黄先生叫他Tiang，是村里的干事。或许是机缘吧！一上山就遇到村里两位重要人士，在打过照面后，让我之后几天能够顺利点。

谷长老和Tiang带着我们往村里走去，黄先生指着眼前一个破旧的铁皮屋说："可以在那里煮饭。"

"喔……"走进去一看，堆了两台大冰箱、一个蒸饭箱，满是灰尘且已陈旧。插上插头，没有反应。风扇不转，灯也不亮。打开水龙头，幸好还有水。黄先生接着说："这是潭南小学之前的厨房。"

"那我们跟潭南小学借了吗？"

"可能吧！不过还没问。你记下来。"

前面一栋白色建筑是活动中心，二楼用木板隔成两间。黄先生说："这里可以睡35人左右。你记下来。还有，厨房外面可以搭三顶帐篷。你记下来。"

"喔……那在哪上厕所、洗澡啊？这里好像没有。"

"看是跟居民们借还是怎样，再看吧！你记下来。"

再往下走，看到即将施工的工地。

"哇！怎么那么乱啊？"看到遍地高高的杂草、铁片、瓶瓶罐罐、碎玻璃等，心里不禁讶异地大叫。绕潭南一圈后，只有种莫名的感觉。莫名感在晚上写信给湘玲时得到了答案，信件主题是"百废待举"。

原来是自己吓倒了。三天后有几十位志工要上来，到现在却连在哪上厕所、洗澡、睡觉都还不知道，民生大事的吃饭也成问题。这里真的很忙吧？！好！我都记下来了。

2月26日早上等脑袋清醒了，仍然被这许多还没有进行的事情搞得很心烦。这些事情，究竟是谁应该做的呢？

仔细地在笔记本上记下一堆待解的事项，跟黄先生讨论一下，他潇洒地笑说："不用有压力啦！放轻松，就边玩边做事嘛……"

边玩边做事？看着他的笑容，我心想，难道是我太紧张了吗？那么多事情没有做，叫人怎么可能放轻松呢？千头万绪从何开始？民生大事最重要。要打点及商借事物，就直接到村里去吧！在工作站朋友的帮忙下，跟谷长老在活动中心门口见着了面，他开始带着我拜访潭南的居民。

住在活动中心隔壁的是司阿姨。刚看见司阿姨时吓了一跳，因为她的脸有点变形。后来才知道是因为在娘胎里，母亲乱吃成药造成的。再往下走，住着甘妈妈。她们两位亲切地表示愿意帮忙，这样，我们就有两间厕所可以借用了。两间，可是还很不够用啊！突然想起活动中心对面的幼儿园，应该也有厕所可以借吧？！谷长老说，要找一位姓氏很特别的"全老师"问问。提起厨房，谷长老说可以先问问潭南小学的工友，也是教会的一位白长老。交代完这些线索之后，谷长老就先离开了，我开始在潭南这个小村落，一个人碰碰运气。走过一段爬坡来到潭

南小学，见到一位十分斯文的先生在浇花。询问之下，就是要找的白长老，真是太幸运了。关于商借厨房的事，白长老说得向总务主任请示才行。在白长老的指点下走进办公室，仰望总务主任，他说："你们是哪个单位啊？办什么活动啊？要借我们厨房？不行！上次借给那个什么大学的学生，结果一团乱，还要我们收拾……"

听到他直接的拒绝，我这个只想赶紧办好事情的小媳妇赶紧接口说："主任，我们是想借下面那间旧的厨房。"

"喔……旧的啊！那不归我们管了，还给地主了，你去问他们。"

"那怎么可以找到他们呢？""不知道啊！去问村子里面的人。"于是我踱着沉重的步子，从学校又走回村子的另一个世界。只是，要到哪里去找地主啊？

刚想打手机再请示长老，发现铁皮屋的门是开着的，走进去看到一对老夫妇，我赶紧请教："请问这地方是你们的吗？"

老先生看来似乎是喝醉了，老太太感觉上是清醒的。再一次地，我把在潭南似乎没有人知道、但却即将开始的活动又解释了一次，并拜托跟他们借用厨房。老太太说："可是我们想拆铁皮屋了。"

拆掉？啊！那就没有地方煮饭了啊！

"可以再借我们用一个月吗？"看她面有难色，我千拜托万拜托地赶紧说："再过几天就有一群志工要上山来盖房子了。我们急需地方煮大锅饭，不然一堆人就没饭吃了……"

"好啦好啦，就再留吧！是不急啦！"好心的老太太，实在太感谢了。我心里记着，在开工之后一定要请他们享用我们的料理。在外面奔走了一天，已经被太阳晒昏头了，可是感觉上却好像没什么进展。我沮丧地瘫坐在文物馆前面，脑子塞满了琐碎的事项，一点也没有注意到眼前这一栋全由石板叠成、散发特殊风格的布农族传统建筑。突然，我发现下面的幼儿园放学了。我想起幼儿园的厕所，赶紧冲上前去找全老师。

全老师大方地说："借用厕所没问题，只是不要打扰到小朋友上课就好。"我满心欢喜地点头保证。挥手再见后，她又转回来说："大门的密码是1234，这样我们下课后你们也方便进出。"就这样，我问到连村里都没有人知道的幼儿园大门密码。

晚上回到工作站，旁听工作人员例行的工作会议，感觉许多事情都搅在一起，完全没有定论。再几天，事情就要开始了。难道这会是一则流传中的"网络骗局"吗？

2月27日早上跑了一趟村里，观察3月1日开工典礼的场地及事项。中午回工作站前，终于联络上"只闻楼梯响，不见人下来"的村长。为了谢先前迟迟没出现之罪，村长阿莎力地出了两千元赞助开工典礼的午餐。

和工作站的朋友阿秉约好，下午去买厨房的用具。因为平常没用过快速炉等大型厨具，在毫无头绪的情况下，仅能凭着当地人报路，带着采购单从鱼池寻找到草屯，终于在路边找到一家卖场。几度和老板询问与商量之后，老板深受志工即将上山协力造屋的热情所感动，决定赞助两个快速炉。隔壁草莓园的老板也听说了，跑来赠送我们二斤草莓，共襄盛举。

2月28日就要进村子了，昨晚特地问清方向，借好脚踏车，准备环日月潭一周。

回到工作站，陆续有预定今天上山帮忙的朋友开始联络，感觉不再那么孤单。真好！

　　今天晚上，许多朋友、德国工匠、湘玲和仁正都要到了，感觉就像是支援部队一一到齐，我不再是孤军奋斗的一个人。匆匆打包好行李，谢别工作站的人后，我便和大家一同前进潭南村，迎接混乱的开工。

第一周 》

2003.03.01-03.08

请问到哪里洗脸刷牙上厕所 ↘

3月1日星期六。

天亮了，我知道。不想张开眼睛，只想确定自己是否真的处在一个完全无能为力的地方。

今天早上11点就是开工仪式。昨天晚上已经跟稍早就到日月潭的德国国会议员夫妇讲好了，就是今天早上。今天早上，"研考会主委"叶俊荣老师以及"考选部次长"张国龙老师一家人要来。不止他们，今天几乎所有参与盖房子的朋友都要上山来。

"上山来，上山来，上山来……"大家都要上山来了。

躺在活动中心的地板上，3月高高升起的太阳照得我周身躁热。身边连小朋友的嬉闹声也逐渐消失了，昨天一起躺在这片地板上过夜的大大小小20来个朋友，都已经出去准备了。闭着眼睛，我听到仁正大声喊着问阿布："是不是认识谁可能问一下，到哪里可能找沙来堆成沙堆，好让人开工下铲？"

在潭南，我们究竟认识谁？究竟有谁可以帮忙？

拖着临上飞机感染的支气管炎，昨

这片布满瓶瓶罐罐、还零星长着玉米的荒地，就是我们预期的"工地"？

拉开笑脸，仁正工头（左二）与谢英俊建筑师（左一）、谷长老（左三）、松英雄Tiang（左四）、德国工匠、叶俊荣教授（右二）及德国国会议员韩斯·若瑟夫·费尔（Hans-Josef Fell，德国再生能源法起草人）（右一）一起，就在这块不知道地基在哪里的"工地"开工了。

天从德国飞回台湾，在夜里来到潭南。一片黑暗中，除了不熟悉，还是不熟悉。终于跟在台北的谢英俊联络上，请他今天务必赶回来参加开工仪式。

开工仪式？开在什么地方？预定中灌好浆打好地基的工地，仍是一片零星长着玉米、散布石块的荒地。我们拿什么来开工盖房子呢？除了人，我们还有什么？

人。四十几位志工上山，要吃、要喝、要拉、要撒，厕所在哪里是第一个问题。面对这些在现场实况中必须解决的问题，也是在事先联络中本应已经安排好的问题，我得到的第一个回答是："厕所没有关系啦！在潭南还不是有很多人家里没有厕所。"

"厕所没有关系？他说厕所没有关系！我们有好几十人都要上山来了。"我扯着疼痛的气管，为这些说到没有做到的袖手旁观的人生气。

所以，千里迢迢从德国飞回到台湾的第一天，像是掉进一个泥沼。这个泥沼，还是我们找人共同筹划将近一年才挖好的。

人声喧哗中，找不到笑声。

我想，我在一个噩梦里。

如果你确定这是一个噩梦，第一个感觉应该是："还好，这是一个噩梦。再怎样都是一场梦，不关现实。"

如果你确定这一场噩梦似的开端是为期一个月的计划，在这场计划中，每星期至少有四五十位成年人的参与，那么，可能就只能求神保佑——大事化小、小事化无。最好时时还有贵人相助。

事情要不要继续进行？如何才能进行得下去？坐在幼儿园的阶梯上，我们皱着眉头伤脑筋。

是的，在3月就是这样开始的。在这么多这么多人上山之后，在我被老远从台南开车上山来打气的姿伶与俊育摇起来的时候，我在朦朦胧胧的不甘愿中，已经没有时间拖拉。阿布上到活动中心来跟我说："湘玲，快点，人家都在问你在哪里了。"

好！要开工了。我睁开眼睛："请问到哪里洗脸刷牙上厕所？"

真是抱歉！
现在才跟你说"我来了" ↘

3月2日星期日。

突然之间，事情似乎可以上轨道了。

在潭南文物馆前，厕所与浴室的配置图已经贴上去了。在靠近"工地预定地"的司阿姨家与甘妈妈家门口，我们贴上请大家尽可能在晚上10点之前洗澡的标示。往上走，穿过潭南的主要干道的一邻，在杂货店右手边连续三家外观一样的房子，是松英雄

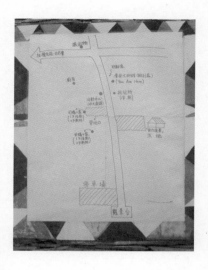

Tiang三兄弟的家。Tiang也把浴厕"公开化"，让大家方便使用。在杂货店的左手边是派出所，主管胡巡官也答应让我们紧急时使用厕所。

这些，都是志工朋友上山后，一间一间厚着脸皮问来借到的"方便"。

在来到潭南的第二天，我们认识了Tiang、谷长老、司阿姨、甘妈妈，还有派出所的胡巡官。可是现在，3月2日星期天的大白天，在贯穿潭南许多邻家、又经过文物馆、活动中心、天主堂临时聚会所、基督教长老教会与潭南小学的主要干道上，竟是无法想象的冷清。潭南的村民哪里去了？

早上9点多，曾经在潭南办过活动的博文说，白长老应该已经到教会准备礼拜了。我们带着从德国一起来的工匠朋友们来到长老教会，在博文的引介下跟白长老见了面。是的，这时候他才知道有这样一群人从德国、从美国、从日本、从台湾各地来到潭南，想要在这里盖一栋黏土木架屋。

在小朋友活泼的嬉闹下，我们的开场白既简单又轻松。白长老说："为什么不早说呢？大家可以准备得充分些。"我们以为，工作营的合作伙伴都已经"充分沟通"了。可是实情是，绝大多数的潭南朋友们根本搞不清楚为什么在突然之间跑来这样一大群人。为此，我们一群进驻的叨扰者从头开始——拜访，——解释。

在3月2日星期日早上10点的礼拜中，我们带着不速之客的心虚跟潭南村民说："真是抱歉！现在才跟你说'我来了'。"

在许多朋友不动声色的行动下，事情在突然之间上了轨道。是人与人之间友善与互助的本能吧！不管在大人、小孩、男人、女人、都市人或者乡村人的身上，这种本能都得到了体现。

为什么盖给他？ ↘

3月3日星期一。我们开工了。

在哪里开工？在一片布满大大小小石块、这里那里长了玉米的荒地上，我们开了工。

这块空地就在马路旁。从马路往槟榔树林的方向数个20步，是这块地的深度，也是到那间小破屋的距离。在这个用铁皮、木板与塑料板搭起来的寮子里，住着一个酒醉未醒神志不清的老头，时时生起火、燃起柴，煮着吃食。这个在酒醒时会穿上白衬衫上杂货店买烟买酒买槟榔的老头，就是我们要盖房子的"业主"，我们都礼貌地叫他幸老先生。

为了尊重"业主"的意愿，我们必须征求了他的意见后，才能决定房子距离马路的边界，才能决定开窗多少以及大门的朝向。

这天早上，幸老先生跟他的儿子酒醉未醒。一村民甲在即将开工的"工地"上抗议，说那是他们家的地，谁也不许在上面盖房子。在我们完全不明了的情况下，村民愈聚愈多，他们指责村民甲不守信用，因为他爸爸早在几十年前就用这块地跟幸老先生换了山上那块地了。

村长来了。他问抗议的村民甲："你们家山上那块种了东西的地，不就是跟这块地换的吗？"

村民甲喊着："我不知道啦！我爸爸没有说。"

在村民"舆论"的抗议下，"好啦好啦"就成为这块地是"工地"的定局。

盖房子的地界在哪里呢？

村长用大家都听得懂的国语问酒醉中的幸老先生："就是这里哦？就是这里噢！"在大家的"见证"下，盖房子的地界定下来了。盖房子的工地，也这么定下来了。

住在预定工地对面的阿敏是幸老先生的居家看护，每星期固定帮他打扫、洗衣与煮饭。她的猎人先生Blam，还有白长老都问我们："为什么盖给他啊？我们村子里还有很多人也需要帮助耶！"

"抱歉抱歉抱歉……真抱歉我们之前不认识。我们必须尊重建筑师的决定。真是抱歉，没有办法先听到大家的意见……"谷长老站在我身边，谅解地一直点头笑着。

我想回家了 ↘

经过纷乱的开工、协商与讨论，在上工第三天的入夜时分，我看见仁正带着疲倦的步伐，垮着一张显然已经处于半睡眠状态的脸。我与他在昏暗不清的潭南斜坡短暂交错。

"我想回家了。"

理应惊讶却不惊讶。我回头看着他走向活动中心的背影，思揣他在几天中对我说的这唯一的一句话。尽管带着浓重的睡意，却传达出清楚直接的讯息——他累了，累到不知道该怎么回答"为什么在这里"的问题。

湘玫说过，许多讲到"事情的开始"，总是不能忘记提到"湘玲与仁正在德国买了一栋生活古迹"。的确，我们住在一栋1843年盖起的农舍里。在这农舍里，我们与历史相遇。不是透过文字，而是经由一次次生活物件的探索与价值的自我询问。

透过坚实的阁楼屋椽，我们赞叹当初工匠技艺的高超严谨。在楼间隔层麦秆的堆积中，我们以身体经验克服严寒的本土知识。随着每个时期整修过程的完成，透过建筑形态的改变，昔日生活的点点滴滴一件件被发现、被阅读；透过对历史的好奇与尊重，透过古老工法在房舍上留下的技术痕迹，房子的历史就在烈日盛夏、阴霾隆冬我们挥汗咬牙的劳作中延续下去。这也带出我们去寻求意义、探险藏身角落的家园情节。

当对房屋探险的心情连接上家园协会在白俄罗斯帮助车诺比（注：即切尔诺贝利）移民重建家园，这种劳力密集、自然与就地取材的建筑方式，就在自助人助的过程中成为发现与实践自己的途径，而我们"莫名其妙"的盖房子活动也在突然间成为了有意义的"人生抉择"。原

在层层叠叠的槟榔林里，我们将以就地取材的传统方式亲手建造一栋房屋。这多少有些复古的劳作，使人与人之间、人与自然之间重又恢复了和谐亲密的关系。

来，在旧科技中可以找到与自然和解及与能源议题结合的生命力。

当然，我并没有忘记房子年久失修桁木腐朽的气味；没有忘记扯下钉在桁架上的麦秆，黏土抹墙整片掉落扬起惊人的灰尘；没有忘记水泥搅拌机在艳阳下发出实在震耳的轰隆声响；也没有忘记在冬日黄昏阴冷的空气中，工地绝大部分时间只有我与仁正的身影；还有早晨他起床时，得一根根扳起举握牙刷都嫌困难的手指。所以，我们对支持与关心的需求知之甚详。所以我们回来了。

结果仁正跟我说——"想回家"。

家在哪里呢？家不是寻找出来的吗？家不就在心力付出的地方吗？怀着满心的愧疚，我希望能够找到一个在这里的理由。

从张全程与许全程开始↘

从3月1日开工典礼开始，许许多多用email联系着与互相感动着的朋友，从名字与文字的平面中"站起来"，成为活泼泼、有影有像有声音的"真人"。

"啊！你就是婉婉！"

"嗨！我是岑岑！"

交头接耳中，"啊！那个超秀气的女生就是绣莲。""牵着一只小狗、超有气质的女生就是秀华啦！"

全人中学的老师文绮举手跟我"报到"，因为当初在招募志工时的兵分两路。

在2003年1月初，我开始通过网络寄出"招募志工的信"，同时也将我的邮箱地址留下作为联络方式。因此，在整个由45人工作四周的工作营规划中，有100个工作周是透过网络与我联系。另外其中80个工作周，则是透过《中国时报·浮世绘版》主编夏瑞红的大力

张全程（友渔）（左一）与许全程（善理）（左二）两位朋友正埋头削着一根根的木钉。

帮忙，经由我于2003年2月20日见报的文章《三月，我们潭南见》，与谢英俊的工作站联系。为了让热情的朋友尽可能有加入的机会，我将100个工作周分割给63位朋友（后来实际报到为54人）。

所以，在规划的每周45位工作志工中，至少有一半是我"一直以来"熟悉的朋友。其中，善理就是。在我根本搞不清楚集集跟潭南的相对位置时，因为善理的"本地因素"，是她一定参加的必要条件。更何况，她不是说了吗？可以"随传随到"，而且还蛮强壮的。

友渔，不是我"一直以来"熟悉的朋友。在潭南协力造屋开始与结束之前，我们没有通过email。恕我孤陋寡闻，我一直到上工两星期左右才知道，在潭南遇到的张友渔是儿童文学与剧作界的重要角色哩！

在刚开工的一个晚上，跟善理、友渔一起，我们三个人坐在文物馆前黑黑的广场一角聊天。说聊天，其实还太早。不然，怎么会有这样的对话：

"你是全程吗？"

"是呀！我是。那你呢？"

"嗯！我也是。"

坐在旁边，常常被人家叫"计划发起人"或"主持人"的我，一点也无法进入状况，竟然无厘头地问："怎么这么巧？你们两个都叫'全程'啊？"

原来，"全程"是一个术语，是"全程参与"的简称。原来，大家早已经在互相探听，谁谁谁参与什么时程，为什么谁谁谁"得以"参加第一周，为什么谁谁谁不行。

在我的体力影响脑力的运作下，她们的哄然大笑有根有据。在大笑中，我跟张全程与许全程两位小姐认识了，跟文绮认识了，跟函慧认识了，跟金凤认识了。我也知道，文绮是善理早已失去联系的中学同学，函慧是善理参加农业有机认证时认识的朋友，而肚子里藏着孩子、上山盖房子的金凤，也来到这里，进行最好的胎教。

最好的胎教

黄金凤

今年（2003年）1月偶然听到以前的同事提起潭南协力造屋的计划，立刻引发了我的兴趣。在接到她转寄来的电子邮件，并仔细阅读了湘玲所写的文章后，立刻决定直接向湘玲报名。

老实说，我向来没有什么远大的社会理想，只是单纯地觉得能帮助别人，又可以认识一群同样热心热情的朋友，偶尔走出一成不变的日常生活，有机会接触大木构的工程，何乐而不为呢？加上我自大学时代开始登山，对这群山的子民——原住民，自然有一份亲切感，可以在部落住一阵子，过群体生活，也训练一下我这过惯舒服日子的身心。

而湘玲文中那份诚挚更深深地打动了我，写给她的电子邮件也很快便得到答复，正是这份郑重与诚恳，让我相信主办人不会滥用我们的爱心，事情一定可以圆满达成。而事实果然也因为这份心，虽然刚开始状况百出，而有了圆满的结局。

因为太晚报名，只能分到第一周的工作。刚开始还觉得少，不久发现自己怀孕后，转而担心不能胜任这份工作。心中几经转折，不知如何是好，但在联络人的鼓励及责任心的驱使下，我决定还是去潭南看看。

还好怀孕四周的我，并没有太多害喜的情形，除了常常想睡，容易晕车，一饿就极度不舒服外，其他都还好。最让我高兴的是在一片人

生地不熟的状况下，看到大学一起登过山的朋友善理。我简直像久旱逢甘霖一般拉着她一直讲话，从头到尾几乎都缠着她不放。老实说，我们以前没有一起爬过几次山，并不算很熟。要不是因为这次活动，可能永远不会有机会联络，更不必说成为好朋友！人生的缘分真是难料，不是吗？

每个知道我怀孕的人都对我照顾有加，尤以善理为最。湘玲也特别交待仁正，在工作时不可以让我搬太重的东西，让我这个初次享受孕妇特权的人受宠若惊，感动得不得了。每当朋友问起在潭南的日子，我总要说，她们照顾我比我老公还要好呢！

湘玲和仁正这对夫妻最让我印象深刻的便是他们对待志工的心，那份将心比心的尊重，是我未曾在别处得见且以为最值得学习的部分。以前我总认为，既然来当志工，把事情完成是最重要的，从没想到志工的人权也是该被慎重考虑的一环，真是上了宝贵的一课。

而阿布是我第二个要由衷赞美的人，一开始要不是有她，事情没办法进行得这么顺利。记得第一天报到后，没事到处乱晃，总会看到这个戴着小圆帽、双颊红通通、眼神和你一接触就笑的女孩，给人十足好感。后来才知道她那时正处于一片忙乱之中，安顿志工的事务千头万绪，她却还能够笑得出来，真是不简单。工作多年，历经诸多生离死别，热情少了，对许多事都习惯冷漠以对。在阿布身上，我又看到了那个初出校园、对人生充满热情、做事从不计较利害得失的自己。

当然更不能忘了德国的二位师傅——胡伯特和马尔库斯，尤其是胡伯特，教了我许多木工技巧，人热心又可爱，表现好的时候总可以得到他的赞美，充分满足了我的虚荣心。

除此之外，能认识来自四面八方、各行各业却同样抱着一颗热心肠的朋友，更是令人高兴的事。接触比较多的有：学机械却一直抱着有机农业梦想的函慧；差事剧团的忆玲；带着两个孩子的自学妈妈琪芬，已在集集租了一间四合院；写青少年小说、剪了一头超短发的友渔；小帅妹亚历；当过几年文编却觉得美编比较好玩的岑岑；睡在我旁边、木工超厉害的绣莲；手很巧的伟绫，她的衣服是自己做的喔！以及还在东海念教育研究所的明梅、在头份开书店的素燕与佳林……谢谢你们，在那一周中我们有缘一起工作，一起生活。

　　如今肚子里的宝宝已经出生好几个月了，我想在山上的一周就是最好的胎教吧！这个孩子和潭南有缘。因此我愿意虔诚地向上苍祈求，希望这个孩子善良、有智慧，并且身体健康。谁说我在付出呢？其实我得到的更多。

派工时间 ↘

来到潭南，我们要做什么与可以做什么？这是在大家还没有上山时就对自己也对我提出的问题。

没有错，"为灾民盖一栋黏土木架屋"是在招募志工的信中提到3月潭南活动的主要目标。可是盖房子，却不是唯一的目标。

在盖房子的工地，要怎么样才能让每个人都"有用"？要怎么样才能让有兴趣、有热情的人不失望、不无聊？要怎么样才可以产生一种"大家一起把房子盖起来"的情感？要怎么样才可能让参与的朋友在整个工作的一小部分中找到认同与肯定自己价值的地方？这些，都不是单单可以从"盖房子"本身就可以自动发展出来的线索。所以，一个社会参与式的建造方式，一种每个人都可以在工地

工头仁正（右一）负责进行德国工法的那个工地。

中找到自己位置、贡献自己力量的期待，一份透过劳动来完成自我的骄傲，就在每天早上的派工中试图实现。

每天早上8点10分，是我们说的"派工时间"。

可以想象吗？将近50位成年人聚集在潭南文物馆前的广场上，有些人手上还拿着碗筷，有些人嘴里还衔着菜饭，大家纷纷聚拢，因为，工

头派工啰！

在跟德国工匠充分讨论后，仁正把工法进行的步骤与道理解释清楚，不仅在施作上进行调配与进度控制，也负责跟建筑事务所的工作伙伴商议，把一件一件工具调到定位，也把一根一根钉子数到定数。被大伙戏称为"工地总监"、简称"工头"的仁正，便在每天跟事务所的刘大哥协调之后，跟大家说明一天中将要进行与完成的工作，同时请志工朋友们自己"靠边站"。

刘大哥负责事务所在潭南开出的五个工地。留着小胡子、看来有些严肃的刘大哥有着温暖的心，志工朋友私下叫他"超级马利"。仁正说："听刘大哥说的话，看他做事的态度，使我在整个活动初始的混乱中感受到一股安定上的力量。"

透过选择，大家才能将"我要做的"与"我可以做的"融合进一栋房子的建造过程中。就像仁正一直跟大伙啰唆与强调的："请大家把自我发挥到最大。"因为，所有愿意放下工作捐出时间来盖房子的志工，都在"能够做所有事情"的准备下，有着自己的期待。同时，就算是讲究效率也应该在尊重中清楚认识到："志工不是蚂蚁，不为人所用。"

许多朋友都提到，"派工时间"是每天感觉最愉快的时刻。工作于"防灾中心"的兴亚，从第一周开始就铆尽全力，带着狗女儿Nana来回奔波于台北与潭南之间。

何其有幸

何兴亚

虽然我是土木工程博士，在学校里修过结构设计分析与工程管理相关课程，但是对于如何平地兴起一栋房子，却完全没有概念。而希望参加潭南协力造屋的活动，心里只有一个简单的想法："好好了解如何造屋，将来可以亲手打造自己的居住环境。"

在招募志工的信中说得很清楚，希望志工能以周为单位报名参

加，以免造成膳宿安排的困扰。但是我每周有固定时段要给学生上课，以及例行会议，只能自周六至次周三留在潭南参与实作。收到湘玲肯定的回复，知道自己被特别宽容时，心里着实高兴了好一阵子。

由于此行主要目的，就是想好好学习造屋。所以在潭南期间，身上随时带着数码相机，拍摄施工过程与有关细节。因而，工作期间，常常放下手边工作，拿着相机到处拍摄。由于潭南是个偏远村落，突然增加大量外地人四处走动，而且，假日还有许多好奇者涌至，不时拍照与探询，对村民势必造成或多或少的干扰与冲击。为了减轻此等骚扰，除了特别安排的摄影小组以外，也请志工伙伴们自我约束，不要任意拍照。我并非摄影小组，又不时丢下工作拍照，但是志工伙伴们却善意包容，默许我持续照相。现在回头想想，还是有些不好意思。

经过将近一个月以分段方式参与造屋的工作，我对造屋的实际过

程和要注意的重点已有相当了解。现在，对于整地、放样、打地基、筑墙、立柱上梁、装设门窗、配置水电等造屋的工程施作，已有十足把握，准备将来亲手建造自家住屋。然而，在潭南，我学到的比这更多。

在实际参与的过程中，我深刻体会筹划者的有心和用心。协力造屋整个过程要考虑的事务非常繁杂，如果没有清楚的理念，很容易被繁琐事务淹没，乱了方寸。然而，在造屋进行过程中，同时呈现许多深富意涵的方面，提供了可贵的学习机会。例如，在基本态度上，一再提醒志工，参与此项工作要尊重潭南居民，千万不能以帮助者自居，而应定位于自我学习与成长；再者，基于协力造屋的核心理念，相关工作是由当地居民与志工合作执行，并非单向接受或给予。在志工朋友的认知上，特别让大家了解参与者之间没有身份差异，应共同分担所有工作，尤其是环境清理与厨房工作，大家都要轮流服务。这些观念，让参与者都能由其中学习、体会对人与环境的尊重。

在工地安全方面，先让志工们接受讲习，了解必须遵守的安全规定，还安排一辆救护车驻守，以备不时之需。而且，由实务经验丰富者，对志工伙伴们详细解说各项施作原理、工具的正确使用方法、建材特性、建构方式，让大家充分了解各项作业程序与注意事项。环保方面，则请大伙自备餐具，避免使用免洗餐具，并对资源垃圾与一般垃圾进行分类，同时收集厨余，以掩埋方式制作堆肥。

最让我感到高兴的是，每天早餐后，工头会先说明各个工地情况，有哪些工作需要多少人做，同时建议每个人轮流尝试各种工作，不要只限于一样擅长或偏好的工作。如此做法等于不断用新手做事，其用心很明显，并不强调工作效率，而是希望大家能在工作中发觉乐趣，并从中学习，这也正好让我有机会参与各阶段造屋的实作。

报平安 ↘

度过因为混乱所以漫长的开始，3月4日的傍晚，善理问我晚上要不要去走走。去走走？我的脑袋里好像根本不明白这个问句的意思。去走走？离开潭南，不，应该说离开工地，能到哪里去走走？

正当脑子一片混乱时，我似乎突然醒悟，日月潭就在附近，水里的肉圆很有名，而集集也不会太远。是啊！善理不是说，我们也可以去她家打地铺吗？于是，我跟工头告了假，搭着亚历的车"外出"，之后，才突然感觉到，原来回到台湾才四天，原来事情才刚开始，原来还有好长的路要走。

在车上，我得到"立委"助理四处帮忙打听得到的消息——南投的流动厕所不方便使用。在路上，关心的朋友——打电话询问事情是否还进行得下去。在善理家，我哑着嗓子跟姿伶说："请你帮我跟大家报平安吧！"于是，在3月4日当晚的信箱里，姿伶就把讯息带到了：

诸君平安。

湘玲想先跟大家抱歉，因为山上琐事很多，自己又患支气管炎，所以要我代笔，跟大家报平安。以下几件事情报告：

1. 生活循序渐进，渐入佳境

刚上来的时候，因为志工朋友的帮忙，带来很多资源，衣食住行经过讨论，已经OK，厨房的运作尤其顺利——菜色很不错喔！

2. 当地的支持

协力造屋的情况，引起了当地原住民朋友的兴趣，他们会来帮忙。当地原住民朋友的善意和长老关心、支持等正向的回应，给予志工很多鼓舞。原住民朋友具体的支持包括提供洗澡、上厕所、停车、露营的空间。

3. 工程进度良好

工程开始进行了。昨天整好地，今天灌浆，现在运作还蛮顺利的。湘玲说，工作很多，很操心，不过志工（约45位）大都很满意……

虽然在工地间有不同的施工方法和不同的联络人，不过工作在一起，吃住在一起，当然，打鼾也在一起啦！

工作还能选喔！

每天早上由工头讲解当天的工作内容，然后呢，志工依照自己的兴趣选择，每区约15位志工，再展开工作。其他的志工们，处理吃饭等等的庶务工作，也是相当有贡献的喔！

4. 关于周末的论坛

在3月8日和3月16日，各有湘玲邀请的来宾参与论坛，非常非常欢迎大家过来一同讨论！

周末到场的朋友，除了能够参与论坛之外，因为不是在星期一至星期五的工作时间，所以就不要把自己当志工，当个轻松的"访客"吧！虽然无法参与实作，但是能够观察／参观协力造屋，甚至到现场摸摸弄弄都是OK的，非常非常欢迎！

"周末来宾们"食宿请自理，不过，据说有意外的惊喜，如烤山猪之类的，嗯！不知道是安排在哪一天／哪一个周末？

在这里先祝您好运气……

电话那头湘玲咳嗽、和缓的语调和笑声，这些"元素"协助完成以上的文字，谢谢湘玲，也供给老师及诸位前辈参考。

日月潭／潭南或许有更多人、更多将来的回忆、更多关于技术、工法、节省能源……更多更多更多未来的可能性等着您。喔！或许还有烤山猪呢！

明天的菜在哪里？ ↘

在湘玫的纪录片中有一段"厨房纪实"让人印象深刻。因为在平稳的拍摄过程中，当厨房里的志工连续两次问到明天的菜在哪里时，摄影机非常清楚地向后"弹了一步"，正在摄影中的湘玫也不寻常地"啊"出了声。

"明天的菜在哪里？"

要解决四五十个人的吃喝问题不是件容易的事情。在媒体纷纷闻风上山采访的同时，许多志工问起是不是要寻求媒体管道来募集资源？可是潭南不是一个物资丰富的地方啊！如果为了这个小小的盖房子计划涌进大量的物资，这会是一个什么样诡异的景象，尤其在我们连地基都还没有打好的情况下？

在长老教会说明我们的来意之后，也在跟潭南村民的多次接触之后，我们在潭南那条两米宽的主要干道上，一天不止一次地见着王妈妈将拼装的三轮车停在工地前的斜坡上，她要不就捧给我们一大把新鲜的龙须菜，要不就要我们帮忙一起把她现采的地瓜嫩叶从藤

"明天的菜在哪里？"——在大家不计利害的互相支援中，在志工朋友厨房的轮班工作中，在大家"把菜吃光光"的惜物态度中，也在明梅与伟绫把空空如也的菜桶拎回厨房的笑脸中。

蔓中摘下来。不只王妈妈，走在潭南的路上，大家见到"昨天送菜给我们的妈妈"，总是高兴地大叫打招呼。

开工时，事务所谢大哥给了阿布两万元买菜。两万元之后呢？是不是还要在没有准备好的情况下继续等待应该已经就定位的资助？还有极度欠缺的工具。不管是钳子、铲子、钉子、耙子、锤子……，如果工作要到定位，如果在需要时就可以到手使用，如果想要如期完成工程，特别是，如果要避免因为缺工具而无事可做的热情消耗，我们就必须有可以运作的经费。然而，同时，我们也得知事务所以"新竹文化协会"为名提案所申请的补助，并没有得到预期的经援，事务所的营运也充满了困难。最重要的是，对于许多无法上山亲自参与的热心朋友，我们可以帮助些什么？在节衣缩食想办法又要买工具又要买食物的拮据状况下，3月7日，我坐在潭南活动中心二楼的办公桌前，写了又写，改了又改，站起来坐下去不知道多少回，终于发出一封请求支持的信，这也是上山后第一封给朋友的信：

亲爱的朋友，

因为你对今年3月在南投县信义乡潭南村协力造屋的关心，所以收到这封email。

>>>

"大家还需要些什么？"

"山下的朋友可以提供什么样的援助？"

从今年1月开始，一直到今天，这是我每天从关心此事的朋友那里所接收到的热情。这样的热情，不仅让人深深感动，也让我在今天能斗起胆子向各位发出请求支持的讯息。

是的！亲爱的朋友，我们需要你的关心。你的关心与询问，是对我们3月3日协力造屋得以开工最大的支持。在简朴的生活条件下，志工们以极少经费大锅造饭，共同炊煮、做工与生活。在紧算经费的情况下，潭南村朋友提供给我们的龙须菜与小白菜，是我们叶菜的主要来源。由于肉品保存不易，碳水化合物——白饭与面食，是我们做工的体力来源。

　　如果你愿意义助3月协力造屋，我们希望包括志工的食宿，以及为纪录片募集最最基本的经费为目标。45位志工一个月的食宿费用，初估约为15万台币。纪录片小组的拍摄工作，约需十万台币供其周转。所以，这次请求捐款支持，以25万台币为目标。如果朋友的热情，让募款金额超过25万台币，结余金额将是未来我们与德国白俄罗斯计划协力造屋的合作基金。如果可能，协力造屋的计划将会持续进行。其中，不仅需要你的义助，也需要你的参与。

　　募款的明细，我们将会在网页中详列。我们不会大张旗鼓请求捐款支持，因为台湾的困难不在于钱不够，而在于理念与可能性传达的不完全。在今天，我们认为，已经没有必要为"九二一"招募重建款项，而应该传达出一种"自助人助"的精神与可能。所以，这个募款活动，仅仅向"有兴趣的朋友"通过Mailing List发出讯息。仅止于此。

　　感谢3月协力造屋让我们"再次"相识，也期待我们能在潭南工地相见欢。

湘玲

　　就这样，捐款渐渐涌进从不拒绝我们烦扰的阿超的账户。看着阿超寄来捐款的讯息，同时也收到另外两位志工寄来的核对数据，一个个捐款者的名字让我觉得温暖，因为那其中绝大部分认识的朋友，没有漏见我们的请托，没有把我们的努力视为戏言。

　　几乎在每个星期一与星期四，在小牛下工后得赶回台中职训局上课的第二天早上，她都会小小心心谨谨慎慎地递给我一个信封，就像是小小心心谨谨慎慎地递给我一份来自还是陌生朋友的关心与祝福。于是，每次收到小牛给我的关心，我总走到停在厨房旁的休旅车找像个隐士的佳林，把钱与账务拜托给他。佳林在头份开了一个燕林书店，这书店仿佛是打开自己书房门请朋友进来看书聊天似的。书店老板，在2003年3月，整月在潭南盖房子，兼管账。

在理想与生计间

刘佳林

念大学时，我有了隐居的打算。可能是出于一种不安全感，我想采取一种"进可攻、退可守"的生活形态。

离开生活了30年的台北，来到陌生的苗栗头份。每日往返南庄山上，我过着理想中隐居的田园生活。只是在理想实现之际，往往才能看清自己真正的心。因为，当理想实现时，如果心仍然不安，那究竟是什么原因呢？

而我就是心仍未安。我担忧着生计，为争取社会认同而慌乱。逐渐地，来往证券公司的次数多过于往来南庄菜园，我在自己的理想生活中背叛了自己。于是，我又开了间书店，这个动作如实地呈现我是一个怎么样的人：抛不下生计问题，却也别想让我放弃理想。书店在某一个程度上，是一种理想与现实结合下的怪物。而我就生活在其中。

照理说，这间书店应该如同我的南庄菜园般兵败如山倒的。然而，只能说是老天爷的特别眷顾吧！在这么一个怪异时间点上所做的决定，却让我有了良善的演化。《与神对话》（*Conversations with God*）的作者尼尔·唐纳·沃许（Neale Donald Walsch）在书中强调三阶段观念：我要先"是"，才会真的去"做"，然后才会真正的

"有"。以我自己的例子来说，我想隐居山上田园，为的是我喜爱这样的生活，以及希望做自我修行。所以我就应该先"是"一个真正喜爱田园生活的人，并且也先"是"一个自我修行的人。然而，我却先寻求去"做"这样的一件事，并将它名之为理想，无怪乎当所谓"理想实现"之际，事实上是梦醒时刻。

虽然我又先"做"了一间书店，但是却幸运地在里头重新学习。我不再理所当然地认为在书店中可以享有梦想实现的幸福感觉，就好像童话书中王子与公主的故事。在素燕的提醒下，我反而比较积极地"是"一个自己理想中的人。我逐渐发觉心目中的隐居，其实是希冀着对人类社会更大的贡献。

在潭南，整个月的协力互助，让我看到活生生的桃花源世界：原来好山好水不一定是桃花源的必要条件，桃花源要的只是真心诚意的人，是人的美丽的心成就了桃花源。整个3月的潭南生活，我们除了盖起一栋栋遮风避雨的屋子，也在心底烙印下对美好生活的想望。

第一个星期结束 ↘

一个星期即将结束，有的朋友要下山了，有的朋友要上山了。有的朋友在周末之后还会上山来，有的朋友在参与一星期工作之后，就此回到生活的正常轨道，我们期待后会有期。然而这些诸如依依离情的细微情绪与感触，在第一个星期工程即将结束的时候，在3月7日星期五阳光依然耀眼的早上，恍恍惚惚的，仿佛是在我的睡梦中进行的。

那天早上，活动中心里除了一两个小朋友还蒙着睡眼坐在摊开的睡袋上，就只剩下我穿着鞋准备下楼。突然抬头看到定珊，她从国父路一巷（国父遗像）她的睡铺那儿走了过来。定珊是一个让人一看就觉得舒服的女子。虽然有些严谨的瓜子脸上并不是常带笑容，可是她总是行止合宜地穿着、走路、做事与说话，带给我凡事可以放心的轻松。而且，她总是早起。所以，她是有事找我。

"湘玲，我当初只有报第一个星期。可是我还想继续留下来，是不是可以呢？"她有些急切地跟我说。

这个问题来的有些突然。

如果有人上山之后想早些、甚至立刻下山，个人的选择与决定必须受到绝对的尊重。可是在规划中的一星期想延续成两星期、三星期、或者全程，我该怎么样尊重与感谢这份热情，而不会导致"人太多"与"无工可做"的景况呢？更何况昨天也才跟阿布商量，是不是可能请她多留些时候，因为她是目前最了解村子里联络状况的！原定只在第一个星期的参与，似乎在"现场"成为不得不调整的"不切实际"。

所以，阿布留下来了。所以，定珊留下来了。留下来到3月30日，到那天，我们一起下山、回家。

盖大家的房子

苏钰茹

因为工作，原本只打算停留一星期，但因为比其他朋友提早上山几天，帮忙安排民生琐事，很多生活细节都在我这里打转。所以在3月的第一个星期，几乎所有的问题都在我这里可以获得解决，所以工地附近老是有人叫着找阿布。第一个星期结束了，我还是留了下来，因为有好心同事的帮忙，可以让我留在山上到计划结束。

湘玲问我，为什么在一切乱糟糟的情况下，还可以有耐心、还可以笑脸迎人呢？回想当初一个人先上山时，面对那么多的不确定，为何仍留了下来？是直觉吧！我想。想想再过几天有那么多朋友要上来，或许也因为这一切和平日生活内容、步调不同，让自己有了留下来把事做完的决定。也或许是自己有特别的亲切力吧！加上喜欢和人相处、听人说话，在当地朋友的协助下，幸运的我就这样把很多事情安顿好了。3月潭南最精彩的，是有这么多有意思的人聚在一起，这在平时可是不容易啊！所以除了上工、除了忙杂务，还要忙着认识不同的人。3月潭南，可真是好忙。

记得有次到鱼池镇上要买耙子，在一个转角处发现一家打铁店，老师傅正在帮客人打理镰刀，旧旧的店里摆满各式工具，还有各种长度的把手，店里布满黑铁的痕迹，合着老师傅的皱纹，似乎明示老师傅的年岁。老师傅不会说国语，我们也不知耙子的当地话怎么说，幸好马上找到了，再应仁正工头的交代，挑个最长的把手，两样组合后的价钱不算便宜。老师傅强调木头是高级木头，这也算是手工打造的吧！在这个快速变化的年代里，手工似乎代表着某种细致与心意。

另外记得有一次，和琪芬去一位农民朋友的田里载他捐给我们的菜。只看他又是青菜，又是水果，把后车厢塞得满满的。大家聊天时，我蹲在他旁边，一直看着他黝黑厚实的脚掌，踏在田地上格外的好看。回程时，车里大人小孩都睡着了，我心里暖暖的，一面开车一面想，这栋房子是大家的。有人捐时间、有人捐钱、有人捐菜、有人捐面包，这当中的每个人都可以大声地说："这是我盖的房子。"这栋房子承载大家的梦想与希望。

一个星期的工作结束在星期五下午收工的五点半。

五点半，有人收拾好工具冲去洗澡；有人慢慢地收工准备享受夜晚；有人收拾好行囊要赶回"正常的生活"。在第一个星期工作结束的时候，我在想"周末的论坛"。

营火，是每个人童年时的梦想。每天晚饭后，仁正还有一个小小的工作——帮小朋友们升起火堆。只是我们每天都累垮了，找不到力气享受。3月8日的夜里，潭南的朋友大宰山猪、大唱卡拉OK，是营火晚会的高潮。真是羡慕大家的好兴致。

3月8日，在天气骤然变凉下雨的星期六，我们聚在潭南小学的风雨教室，吃着国智远从花莲带来义卖的肉粽，饮着南投爱心社捐来的水，大家在有些山风吹斜细雨的昏暗中立起领子，开始我们"师傅岁月与黑手人生"的论坛。

论坛进行中，纪录片小组的工作伙伴伸长麦克风收着带有风雨的声音，在大伙围坐的两边架起摄影机；我妈妈与我一大清早就载她从台北出发的好朋友，在我来去匆忙的停留间一直问着我是不是还咳嗽发烧；我大学同学领着一群技职教育的工作伙伴，在席间比较着台湾与德国的技职教育系统；我从德国千里迢迢邀请回来的工匠，在工头仁正的翻译下，跟大伙聊着他们的"德国经验"；我Science and Technology Study（STS）的朋友们，试着把研究用语"翻译"成一则则在台湾发生的科技生活故事；还有一群透过网络传递与见报文章而来的朋友们，在他们当中，有些我们已经在工地认识了，有些才刚上山来即将开始下星期的工作，有些来参加周末实作与论坛，有些就只是想来探探究竟……

那么我呢？我是谁？在潭南做什么？可以扮演什么角色？应该扮演什么角色？

3月8日这一天，在从论坛进行的中途我走下潭南斜斜的坡，在雨中冲回借来的厨房，里面正值班的志工问我："他们是谁？我们到底要煮给多少人吃？我们明天还有菜吗？"此前，我觉得自己也是受邀的客人，找来志工与德国的工匠，一起捐出时间参与这个工作营。所以，我同样期待一个多少已经安排妥当的"营队规划"，包括生活与工地的安排。可到这时，当我面对这些问题，我才知道自己一个星期以来一直想规避的"反客为主"的角色，已经成为定局。

面对这一群说来多少是因为我的"拐骗"而到此来却已经历了一星期的混乱与不确定的朋友，面对3月8日周末论坛中一群不清楚当时困难情况却满怀热情上山来的朋友，当厨房值班的志工向我提出上面的问题时，我不得不反问道："都是上山要帮忙的志工，为什么周间的有得吃，周末的要食宿自理？"在当下，面对这两种完全不同意见的质问，我脑中只闪过一个念头："我到底在这里干什么？"

要把一件事情万无一失地做好并不容易，可是在进行的时候，不是应该要抱着谨慎的心态吗？所以，我们找到想法与做法接近的"当地伙伴"，以当地人为主人，予以尊重，我们远来则应有做客的行止。然而，当客人应邀赴会，却发现主人并不在场时，后续该如何发展？

在潭南，从一上山的3月1日，我几乎是在毫无心理准备的情况下"走马上任"，被期待解决与解释现场发生的所有事情。然而，我并不清楚自己可以做到什么。置身于"九二一"灾区的工地，面对一大群怀抱热情的志工，当规划与现实存在明明白白清清楚楚的落差时，如何可能同时想维持自我，不忘记事情初始所怀抱的信念与价值，还能与现在发生的事件——不管是盖房子还是厨房的纷争，保持某种距离，以达到众人眼中所谓的"客观"？

于是，我站在厨房里，面对一群我已经认识与还不认识的朋友们，他们怀抱几乎相同的理想而来，而我们却要区分周间与周末。这样的区分不仅因为在当时不知道明天的菜在哪里，也因为不知道谁在工作5天之后还有力气与义务待在厨房里供应三餐。我们无法负担一个在周末开放的厨房，因为之后还有很多的工作得进行。究竟谁能够在不知道还有多少菜可以撑到下周的情况下，在不知道陆陆续续有多少人会在周末上山，要准备多少吃食才足以供给的现实情况下，还能够大把挥洒热情地说"我来我来"？

不知情的朋友不悦于自己的热情遭遇挫折，而我在看见到、听见到、也领受到大家热情的当下，却得把眉头皱起来，为要负起因"统筹办理"的人缺席而必须扛起的责任伤脑筋。只是我该如何负责？谁又把责任托付给我？这是我生平头一遭要努力思考这么多跟这么多人、这么多现实相关的问题。尤其，这些问题将遭遇各种不同的反应并触动各种不同的情感；尤其，这些人的情感是我竭尽所能不想、也不愿意伤害的。

在有着烤山猪与卡拉OK狂欢的夜里，在轻打着灯下朋友洋溢笑容

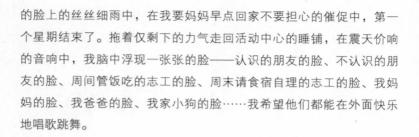

的脸上的丝丝细雨中，在我要妈妈早点回家不要担心的催促中，第一个星期结束了。拖着仅剩下的力气走回活动中心的睡铺，在震天价响的音响中，我脑中浮现一张张的脸——认识的朋友的脸、不认识的朋友的脸、周间管饭吃的志工的脸、周末请食宿自理的志工的脸、我妈妈的脸、我爸爸的脸、我家小狗的脸……我希望他们都能在外面快乐地唱歌跳舞。

第二周》

2003.03.10-03.16

纪录小组 ↘

　　明天的菜在哪里？这个问题就像活动是不是进行得下去，潭南村子里的长老与村民知不知道有这件事情发生，甚至就是房子盖不盖得成一样，不是在摄影机后面的纪录小组应该处理与面对的问题。而这些个问题在当时，却是每一个知道有问题的人都得面对的。

　　3月10日星期一的晚上，又是一个星期的开始。纪录片小组正式介绍成员并解释拍片的动机，就在一堆媒体已经上山让人感觉不胜叨扰之后……

[志工回想]

拍友善的纪录片

胡湘玟

　　2003年的整个3月，我们在潭南盖房子。但是对我来说，这栋房子其实已经从好久前就开始盖了。

　　在我十几年工作经验中，参与过不少团体活动、商业运作，直觉上就判定我老姊（湘玲）是因为在德国太久，对台湾社会还存有希望与幻想，所以才会有这种铁定吃力不讨好的计划。看她从2002年2月回到台湾，每天都有开不完的会、赴不完的约、说不完的电话。我在想："为什么要这么累？"不过算命先生跟我说，跟着我姊做事准没错。就带着这样的疑问，我一路跟班。有的时候当司机，有的时候纯属那种爱哭爱跟路的，就带着我的摄影机开始慢慢纪录。

在这整个过程中，我如愿地考上台南艺术学院音像纪录所，也就是专拍纪录片的研究所。在每年必须要交出一部纪录片、3年才能毕业的学程中，我同时有好几个题材在进行与考虑，协力造屋也是其中之一。但是协力造屋是一个大题目，一旦开拍，势必得放下其他题材。比较之下，其他题目好像都可以等，不像这是一个活动，一旦发生就等于过去，必须把握即时性。但是，到底房子要不要盖？盖不盖得成？我处在远在德国的我姊与谢英俊建筑师之间，不确定的讯息让等待中的我心惊肉跳。直到那一封"招募志工的信"在网络上寄出，我才放下心里的一块石头。也从那封招募志工的信中，我才逐渐了解，原来不只是盖房子，这个计划里面包含多重意义。

这封信从我姊、导演张钊维、我、还有跟我一起拍片的陈博文四方人马传出，对象广包学术、环保、文化、白领的、蓝领的、贩夫走卒，藉由转寄，许多人都收到好几次，也由原先担心找不到志工变成大爆满。

反应热烈是好现象，可是这也是危机之一。这会是一个大活动，从以前在职场活动部门的专业经验中，我知道这需要大量的人力配合，要有专人处理活动与事务性工作。可是负责当地筹划事宜的谢英俊建筑师手下的员工都是做工务的，只有一位黄先生好像兼了一些事务与活动部分。那……那人来了怎么办呢？

我是拍纪录片的，主要的工作是纪录，虽然连谢英俊也问我是不是spy（间谍），但是我有什么理由在这个"合作"计划当中当"抓耙仔（打小报告的人）"呢？但是也在我密集地跟拍他们寻访业主、开会、拿木料、石板、材料进行实作等等当中，我完全没看到活动开始之后吃、住问题的规划。钱从哪里来？活动流程在哪里？这些不是我拍纪录片要担心的问题，却让我十分担心。

　　还好台南艺术学院才在潭南小学办过"创意营"，博文恰好是营队执行长，对于整个部落曾做过仔细的田野调查，有一定的人脉，或许可以派上用场。3月1日，我们大批人马上山，潭南村民一头雾水，纷纷走避，经过博文将湘玲、仁正以及德国工匠介绍给传道、长老，还藉由参加教会礼拜与村民一起打排球，大家才渐渐熟了起来。不过也因为这个引介的事情，让人质疑我与博文在纪录片拍摄过程中的角色，认为我们介入太深。这让我开始思考，拍纪录片一定不能"介入"吗？"介入"的定义是什么？到底是拍纪录片重要，还是活动要办下去重要？

　　整个纪录的过程是我人生少有的经验。在这一段经历之后，我也改变了些对事物原有的看法。当我以一个都市人的身份第一次来到潭南，一进部落就遇见在潭南人见人怕的小飞龙醉酒走在路上，我害怕得要求在潭南小学办营队的同学陪我走一段路。之后渐渐认识部落的人之后，走进部落总有打不完的招呼与问候。我发现人与人之间如果有互相了解的机会，就会发现彼此之间的善意。就像在活动一开始，许多志工都质疑为什么要被拍，等到活动进行到第二个星期以后，当第二批志工上山，纪录片小组与志工分享摄影理念之后，我们就慢慢成为朋友，拍摄工作也顺畅多了。

　　话说我的纪录片。我一直想要拍一部友善的纪录片，因为这是一栋友善的房子，不论建筑材料、工法以及盖房子的人，大家都很友善。由于我负责拍摄工作，到了活动后期更有剪出活动片的压力，并没有太多参与志工劳动以及假日活动。虽然透过访谈，我一直知道很多人很快乐、体验很深，但是透过摄影机，我看到的是他们专心的工作，实在无法深入体会那种劳动的愉悦心情。当活动进行到一半时，我就已经很慌乱了，因为我已经拍了六七十卷带子，却还不清楚该怎么讲这个故事，而6月还得交作业。所以，友善的片子在我自己都不友善的情况下，如何剪的出来呢？

　　这样的景况一直到了7月，我们到了白俄罗斯，我一边拍片一边盖房子当志工，才真正体验动手劳动的那种付出就有获得的感受。又因为我个子比较小，白俄罗斯辣妹在工作中总是照顾我，让我感受到那种共同工作的体贴。在白俄罗斯的最后一天，当我放盖房子的日出景给一个德国志工看时，他指着我们盖的房子喊着："That's my house. That's you! you! you! That's our house.（那是我的房子，是你、你、你，是我们大家的房子。）"

我想，我终于了解，为什么3月到潭南的志工会盖房子盖得这么快乐了。就像志工潜龙说的："这虽然不是自己的房子，但是心境上像在盖自己的房子。"藉由人与人之间分工与劳动的彼此合作，没有利害关系的心与心的接近，我们发现了隐藏在社会中的同类人。一个月前还是陌生人的我们，却在一个月间成为可能是一辈子的好朋友，通过这些人，我开始了解为什么要找这么多彼此不认识的人来盖房子。因为每个人生命经验的广度与厚度不同，互相的撞击能呈现出更多的可能性与能量。

人生就在生活中有意义 ↘

我很喜欢绣莲。

认识绣莲，是"果然工作室"亚力的介绍。在亚力的描写下，绣莲是"40多岁的单身优质女生"。

3月1日，我在潭南山上见到了绣莲。

虽然之前见过她的相片，但当她从一辆白色房车下来时，我还是认不出眼前这个白衣白裤淑女装扮、莲步轻移的人就是绣莲。毕竟，她的秀气在这"上山盖房子"的脉络下，让我产生联想上的困难。应该是从绣莲开始吧！我问自己："究竟期待看到什么样的人？"

在开工之后诸多的待解问题中，也在翻天覆地的联系事项中，我对绣莲的印象就一直是穿着长长蓝色的围裙，在工地，勤劳、不语。一直到3月13日的早晨。

3月13日是星期四，工地的工程已经进行到第九天，进入第二个工作周的第四天。这天，我们即将完成大木结构的搭建，即将举行上梁仪式，之后，我也即将在我的行事历中看到，整个3月，就只有这天，我记下在潭南发生的"重要事情"——

今早，看见绣莲在帮司阿姨洗衣服。

司阿姨一个人住在地震之后重新盖起的两层楼房里，楼房就在活动中心的旁边。当她看见我们或者讲起她在台北工作的儿子时，她变形的脸庞常常露出高兴满足的笑靥。只有在她头疼的时候，她一只正常的眼睛才会显得有些黯淡。这时候，当我们走进她为了我们从不闭户的家门，在走进她大方借给我们使用的浴室，就会警见她在半掩的房门后躺在床上不舒服。

3月13日，我的支气管发炎仍在发作，兼有水土不服和花粉热，把我整个人都浸泡在不清不楚与混沌蒙昧中。我走进司阿姨家想借厕所，一眼看见绣莲穿着她的蓝色围裙"制服"，戴着塑料手套，不仅把浴室打扫得光亮洁净，也靠在浴缸边，把司阿姨换下来的厚重衣物一件一件地搓揉清洗。

这些衣物，至少在浴室里停留了十天。打从我们上山，司阿姨一直都没有力气清洗。在这些天里，我们每天都到浴室报到，不管是上厕所、洗澡，或者是轮值打扫倒垃圾的朋友，谁都没有想起"好好清理一下"。似乎，把"自己的部分"处理好，是眼睛与体力所及的极限范围。一直到绣莲排到轮班打扫，她理所当然的工作态度，让我一下子醒了过来。她说：

"这就跟在家打扫一样嘛！"

从这天开始，司阿姨家的浴室就不再和先前一样了。因为，大家看到司阿姨家的浴室可以是这样的干净，还有，我们中有绣莲，可以把事情这样理所当然地"动手实践"。

从这天开始，我也突然了解，原来"动手实践"的特殊性，只存在于"我们"这些生长于都市、生活于都市、工作于都市的"知识分子"身上，对"我们"而言，以为用思想就足以改变生活，以为用论述就可以改变社会，以为生命的力量是静态存在的。但对某些朋友来说，特别是我们原先不怎么认识的朋友，他们的生活却充满了动手实践。像绣莲，像司阿姨，像在潭南的朋友。

3月13日，只是认识绣莲的开始。

　　第二个星期结束之后的星期一，绣莲拿了一张相片来给我看。她说，那是他们以前住在中寮"山上老老家"的全家福相片。

　　真的是全家福。里面不仅有绣莲的兄弟姊妹爸爸妈妈，也有大伯、二伯、大叔、二叔、姑姑，有阿公、阿妈，也有表哥、表弟、表姊、表妹……，一家不下四五十人。他们站在中寮"山上老老家"前合影。那时候，绣莲念中学，一样文文静静质质朴朴的模样，我跟她说："还是你最漂亮。"她说："也许哪天在中寮山上，你看见一间有穿衣服（树皮）的怪怪小屋，请别讶异！"

　　我绝对不会讶异，尤其是如果你亲眼见着一个文文静静的女生，身手矫健地攀上土岩坡，从树间拉下藤蔓摘集血藤大大的豆荚，一定也不会惊讶这样的女生回到中寮山上的老家拿起柴刀砍伐乱草整地的耐心与决心。2003年6月之后，绣莲在台中的工作终于告一段落，逐步回到预定中的计划——回家、造家。

　　[主旨] 我的新玩物
　　[时间] 2003.07.31　18:05

　　最近和家母回中寮组合屋住，河的对岸有一排杨柳树，我找到我的新玩件，这几天都在玩柳条。开始的作品没有我想象中理想，有人说像虎头蜂窝，有一些欧巴桑说可以孵小鸡用，可见多么没有美感，后来完成点上灯，我觉得像一棵大旺来（菠萝）。

　　后来柳编进步了许多，拍起来还美美的，气氛佳造型也没那么土了，看完了照片喝杯咖啡吧!

　　我喜欢绣莲的新玩物。像绣莲这样的女子，似乎从来不必思考人生的意义，而人生就在生活中有意义。《大趋势》的作者奈思比（John Naisbitt）在《高科技高思维》（*High Tech·High Touch*）一书中提到，在这个科技充斥的现代社会中，"七千七百万战后婴儿潮的一代全在寻找意义"，当看到这里时，我想到忙碌、投入、一刻不可稍待的社会精英，也想到绣莲。究竟人生意义的追求，是一种生存之道，还是一种病态的社会现象？

绣莲脚下踩着的是令她稳定与安静的土地，她的生活场景始终离不开联系着孵小鸡与河岸杨柳树的乡里乡亲。绣莲的人生就是这样，既可以自在独立，也可以彼此相依。其中不见矛盾的融合，不仅存在于人与人之间，也存在于人与土地、人与自然，还有人与未知之间。12年一次的建醮，是绣莲带我阅历的土地经验。

[主旨] 大拜拜
[时间] 2003.11.14　18:50

家乡12年一度的大拜拜（建醮），已经在如火如荼地筹备进行中。因为时代的变迁，这样的热闹已经不再让年青一代那么热衷期待。所以，在我的大拜拜记忆里，没有一次是清楚的。印象就是杀大猪公、人多、塞车。这次回去看见公所发出的民间习俗行事历，有一些东西还是蛮有意思的，以前倒是没太注意，自从上山入农渐渐有些新体会。其中有一项是"禁山禁水一周"。刚看大标题吓一跳，禁山禁水一周怎么生活？原来山是指耕作锄草，水是指钓鱼捕捞水产，禁山禁水是为避免残害生灵。

老一辈的人认为违背这些习俗的人必遭天谴，妈妈告诉我她童年的亲身经历。她说外公是一位很严厉苛刻易怒（客语:竹像）的人，有一次逢建醮，外公不许他们姐弟休息，要他们去田里工作，结果傍晚时分，发现刚出生不久的小牛被绳子缠死在树下，这下回去可能会被骂到耳朵长茧。没想到那次外公特例竟然没骂他们，他们一致认为那是外公违反规定所招致的。听完妈妈的故事，心想那是巧合吧！

现代人看过去也许认为是迷信。但换一个心态想想，12年才一次让天地万物休养几天又何妨，打算山居的我，虽不迷信但还是入境随俗，算是对天地的一种尊重吧！

11/23我没有打算宴客朋友，12年后我希望一些还存在着的老友大家有空来聚聚，很难想象自己的老年生活。应该是很丰富才对，至少皱纹是丰富的。

晚上看起来像间大庙，尤其从山上看下来还真神奇，感觉像真的有神在家。

我喜欢绣莲的"有神在家"。因为有神在家，所以不畏不惧。可以顺应着天时地利，在与生灵共存的尊重下，生命没有空虚。

绣莲说："猪油拌饭加酱油是童年时代的美食，如今猪肉很充裕，但原味难寻。今年父亲没有像以往那样让亲朋好友带回猪肉当礼物。替代的是，他自己亲自泡制的红刺葱酒。再12年后，我也要想想送什么给好朋友们当礼物才好。"

我想，我一定也会喜欢绣莲的礼物。

回到老老家

邱绣莲

每一个人都有梦想。当梦想离我越来越远时，才惊觉梦只用想是不会实现的，我要的东西必须是看得到、摸得到、用得到、做得到的"真实梦境"。

要做大事好像必须要有钱，要有钱必须做大事业，这是我以前模糊的观念。从小我就一直希望自己长大能拥有很多钱，这样就可以孝顺父母，可以换得物质享受，可以做自己有兴趣的事，但似乎没有考虑到自己的能力。等长大了，一切还是在等待中过日子。二十岁生日过了等三十、三十岁生日过了不久四十接着也过了，而我还在等。等下班、等领薪水、等下一个工作会不会更好。浮浮沉沉在汪洋大海中求生机，发现自己是如此渺小。同时，却有另一个自己告诉我，回"家"吧！那里有你的自在。

正在盘算目标之际，小区照相班的亚力老师给了学员们一个讯息，希望我们有空可以到潭南拍一些有关协力造屋的纪录照片。亚力老师似乎特别了解我，给了我一份详细资料。等看完内容，我很确定湘玲写的信，已经在因缘巧合下辗转送到她要找的人手上了。

黏土木架屋跟我有很大的因缘，因为我就出生在这样建筑材料的房子里。小时候，我一直以我家的房屋为傲。它并非豪宅，只是在那个时代里用土砌筑成屋的土角厝、草茅屋，甚至大瓦厝都没有我家特别。爷爷不知从哪里请来的师傅，或是亲族智慧的构想，建造了一栋独一无二的房舍——竹屋顶加上木架黏土芦苇墙，最特别的是房屋正面的黏土墙，包有一层厚厚的杉木树皮，在我看来就像是未经处理的天然艺术壁纸，我从来没有在其他地方看见过同样的建筑。遗憾的是，在全家移居市区讨生活的时日中，那个老家没人照应，一次又一次遭受台风岁月的摧残，已经回归大地。对它的思念，只有在梦里可以看见。曾有几次梦见在别的地方也有同样屋房的存在，梦里的我是如此庆幸那栋独特屋子的延续，住在屋子里的人好像就是我的亲人。然而在梦境之外，就算是在民俗村、文化村也完全找不到我梦中环保、艺术、美丽建筑的踪迹。在潭南协力造屋活动之后，我已经有所顿悟，也许哪天在中寮山上，你看见一间有穿衣服（树皮）的怪怪小屋，请别讶异！那是我从梦里搬出来的东西。

3月结束回到原来工作岗位，我好像换了别的工作，久久不能适应。不是因为工作内容，而是因为心情。我问自己还在等麼？等一个未知吗？等将来买块地、盖房子、自己种菜，做都市人田园生活的梦想吗？想想自己可以做麼，甚麼才是自己最想做的！回"家"，回那个老老的家，梦中才见得到的家吧！

有家，还要有树，才能构成美丽的图案。我要种很多植物来陪伴！有人问我种咖啡树的动机，我只能说增加一点生活浪漫吧！浪漫虽不能当饭吃，但终究也可以是一种调剂身心的方法。看着它开出一串串白色小花，仿佛可以闻到烘焙后的咖啡香。看着一串串圆润果实，由绿转红，仿佛看到许许多多的小圆满。它的吸引力对我来说，不是来自经济价值。种菜、种果、种花、种药，只要有心耕耘，种甚麼都有用。

在山里面一点也不寂寞，看着父母互相扶持，看着狗狗倚门相候，晒干的衣服有阳光味，就这么简单的幸福。山上生态物种也很丰富，没事看看蝴蝶的服装秀，帮可爱的蛙儿照照相，听听鸟儿唱简单的旋律，折枝剪藤做编织，样样精彩样样真实。

回山上过开垦生活，重新定位自己的目标，有时也会有一点茫然，但有父母亲默默的赞助，好朋友的鼓励，妹妹们的支持，理想虽远，但至少我已经踏进自己想象中的乐园。它，不再是梦。

迪特里希与斯特芬到 ↘

3月13日，迪特里希与斯特芬从德国飞抵台湾。

在远离尘嚣的潭南，在工地进行到星期四的周间，我们没有办法专程下山去接他们。迪特里希说："没有关系，我们找也找得到。"

带着很多的抱歉还有些许的不放心，毓棻联络到今天要到桃园出差的建筑师朋友去机场将他们带上开往台中的巴士。到了台中，琪芬拼命联络朋友等在总站，将他们送到干城站搭车到埔里。算好时间，仁正与佳林开车到埔里，辗转接驳，终于他们上到潭南来了。

事情总要有个整体规划 ↘

　　崇熙是我研究所的学长。认识他时，他已经快毕业了，准备出国念书，而我还没有进入研究所。在他的影响下，我考进历史所，进入科技史的领域。一想起崇熙，觉得他始终是一个随时随地不忘记传递STS对生活观察与人生反省重要性的"老师"。还记得1993年我进行核能争议的硕士论文写作，他也从美国回台湾写他B型肝炎的博士论文。在以前还称之为"央图"的图书馆，他像老师一样地逼问我："什么是知识？"

　　崇熙是2003年3月潭南协力造屋第二个工作周的志工。3月8日，他先赶上山去参加"师傅岁月与黑手人生"的论坛，把嘉南平原拼装车的本土知识转化成动人的生命故事。3月10日，他在上工的第一天扭伤了腰。在集大家民俗疗法的施展下，他在第二天就能工作了，足见本土知识的确有效。在少有停歇的努力劳动中，崇熙常常挂着一张严肃若有所思的脸。

　　崇熙是云林科技大学文化资产保存研究所所长。打从他一进云科大，"崇熙超忙"就开始在朋友间流传。他规定每个学生、每个星期要交一篇以上的读书心得报告，连在职进修班的学生也不例外。更重要的是，他还在每一篇心得中再写上自己的心得。同时，崇熙也耕耘于云林县小区希望联盟，成为小区与学校之间的联系。他在联盟理事长的卸任感言中写着："联盟因为是个生命体，所以无法定义，也无法领导，只能视环境变化与互动来协助成长。一个生命体最怕碰到权威来规范她、最怕碰到坚强的意志来领导她、最怕碰到权力将之工具化；若是，一个原本可以活活泼泼的生命体就毁了，就沦为权力与意志的载具而已。"
　　（转载自《新故乡》杂志，2001:11）

所以，他在刚开学的3月拨出整整一星期来上工，这是一件令人惊异的安排。所以，当我想问他为什么来到潭南，为什么来上工时，就想到他十几年前逼问我"什么是知识"的往事，就想到在3月14日，第二星期即将结束，在离开潭南回到忙碌生活前的一刻，他与毓棻把我拉到旁边跟我说："事情总要有个整体规划。"

[志工回想]

有一个理想，想要去实现

林崇熙

有一个理想，想要去实现；孤单的一个人，怎么办呢？

把想法讲出来、传出去，寻找志同道合的朋友，联结起来，发展出本地的新知识、新技术、新价值、新生活方式，就一起去做吧！

核能是一个巨大的恶灵。真正的恶灵就像权力一样，是在日常生活中所感受不到的。一个能被感受到的权力，就会被反抗，而真正可怕的权力，因为不被感受到，也就不会被反抗。而这真正可怕的权力，更重

要的，还会让身陷其中的人完全相信它、为它辩护、为它效力、为它献身。核能之为恶灵，就是因为它是这般不被感受到的可怕权力。

面对核能恶灵，单单反对论述及示威游行是不够的。我们也永远不用指望政党轮替就会带来社会公平正义。我们需要做的是一方面锻炼及宣扬能源正义的理念；另一方面则在生活中找出另一种相对于核能生活的竞争方案。潭南3月协力造屋就是落实反核的一种可能的生活实践。

重新想想，为何要在3月到潭南去协力造屋？如果是去盖钢筋水泥屋呢？那是资本市场的产物，不管是从业人员的训练、水泥矿产与沙石的采集、钢筋冶炼的制造及各种机器的使用等，钢筋水泥屋的各个流程都处在庞大资本市场逻辑的控制与运作下，而非当地小区居民所能自己掌握的。再者，钢筋水泥房是个不会呼吸的构造物，除了遮风避雨，它无法与环境融为一体，而必须仰赖冷、暖气来做人工调整，也就耗费了庞大的能源。土木系训练出来的土木工程师充分了解本地的"土"与"木"吗？流传千百年的土砖与土墙具有怎样的节能与环境调节功能呢？使用数千年的木头，具有怎样的避震与环境呼吸功能呢？土木工程师的学科典范中，会告诉土木工程师们钢筋水泥房子在环境中的不可逆性吗？会告诉工程师们"土"与"木"的环境亲近性吗？潭南3月的协力造屋，让我们有机会亲身接触到"土"与"木"——相对于钢筋水泥房与能源耗损的竞争性替代方案。

相对于台湾持续陷在能源政治的轮回苦业中，潭南3月的协力造屋像是一盏明灯出现在万古长夜中。志工们开始有机会接触到榫接式大木构与土造的房子是如何地与大地合为一体的。榫接式大木构具备的耐震性是多震国家如日本的最爱；木构房子所具备的环境呼吸性与环境可逆性是美国与加拿大等环境意识先进国家的首选。木构房子所具有的可抽换修理维护性，更是诸多古迹建造与生生不息的关键。而土墙的再现，让人们重新认识千百年来的先人智慧，是如何掌握土砖或土墙的性质，而在低能源损耗的情况下，营造出冬暖夏凉的自然风貌。

不管是基于能源正义的理念或者是基于健康住宅环境的考虑，要将潭南3月协力造屋的理念推广普遍，重点不在于使用木头与黏土材料，而在于要有觉悟与决心进入一个新的生活方式与价值观，同时也得发展相应的新知识与新技术。要盖一栋木构房子，得将当地的环境条件与往后数十年或百年的维修一开始就考虑进去。因此，如何在潮湿高温的环境中解决防潮、防腐、防蛀的问题，就得充分吸取先民的智慧、参考各国的经验与技术、并进行适切的本地研究，以发展出必要的新本地知识与新本地技术。

除了新本地知识与技术外，要能乐于住在木构房子中，得有新的生活方式与价值观。如果木构房子无法兴建成高楼公寓，在考虑都市土地成本之下，就得有愿意往城郊或乡村发展的决心；或者，得革命性地改变都市计划的基本哲学观，将现有所谓的都市拆解成数十个具有绝大部分生活机能的大小区式生活圈，如此，不但大大减少高楼大厦的需求，也大大减少人们日常生活的大量移动，促进如荷兰般以自行车取代汽车的可能性，也就减少石化能源消耗并降低空气污染。然而，这所需配合的整体都市计划与景观规划，都需要全新的价值观来支撑。

反核若要胜利，绝不在于逼使核电厂停建或停役，更需在节约能源、开发再生性能源、改变产业能源结构、及改变住房能源结构等方面走出新方向，也需要开发出相应的本地新知识、新技术、新价值、与新的生活方式。潭南3月协力造屋已点燃一盏明灯！

第二个星期结束 ↘

在台南地检署当检察官的銤铭，在3月14、15日请了休假，自行开车在13日到达潭南。

"到达潭南已是近午时分，工地刚好完成木架构，大家正聚在一起，准备聆听长老的祈福和集体拍照。

我把车停好，问哪里可以报到，结果没有人知道星期四可以跟谁报到。问谁是胡湘玲，倒是有人指引。我之前没有见过湘玲，别人指向路边三四个在谈话的人，

木架构完成了，在上梁仪式中，谷长老（图前）为房子、为以往住在房子里的老人，还有我们一起祈福。

我趋近对一位约四五十岁、有点沧桑的妇人点头示意时，别人才告诉我在旁边那个大喇喇的女孩才是湘玲，那倒比较符合我的想象。忽然从背后冒出一个小个子，原来是龚卓军的太太岑岑。没想到她也来了。她说3月1日就赶上山来，已经待了快两个星期，在这边算元老级的了。所以之后安置我的工作就由她负责。

睡觉的地方在村落活动中心二楼，没有床及被，大家自己铺睡袋在地上睡，岑岑说前一阵子很冷，有时半夜冻得睡不着，这两天出太阳才回暖。中午用餐时是大锅菜，分了荤素，菜色不多。岑岑告诉我今天菜算是很好的了，因为大梁落成有加菜。所以来这儿并不是别人安排好的

大木构完成，一目了然。每个被凿出的榫头，每个被挖空的榫眼，每根被削出尺寸规格的木钉，都在适当的位置发挥功能。

社团营队，要有做工与应付简陋环境的心理准备。"

　　所以在3月15日星期六早上，銤铭在活动中心最外侧、靠近铁门边的卧铺静静打坐时，我们"做工与应付简陋环境"的第二个星期即将结束。在第二个星期即将结束的星期六，做些什么事情好呢？

　　昨天厨房总管婉玲才来问工头仁正，到底周末她该不该留守煮饭。累了整整一星期，谁该留守煮饭呢？不开伙，婉玲便"解放"了，星期六一大早，她伙着苑玲、政伟、光骅与文丽，兴致勃勃地等在文物馆前，坐上阿辉往来潭南与台东多良的小卡。今天，他们要好好地开过丹大林道，到梦幻湖好好积攒下星期做工的元气。看着他们离去，想着我们明天的论坛，仁正说："我只想待在这里，好好静一静。"

　　于是在空空的活动中心里，我们就着昨天人本的好朋友青兰、淑惠与惠梅送来的大包零食，泡了一大壶茶，跟鋕铭聊起了"绿色资本主义"与台湾环境与反核运动的结合可能。然而，这个臧否人事的爽快时间，还是会随着生理时钟的规律，提醒着该解决午饭的时间。于是，在3月15日如盛夏般的炎热中，坐上湘玫的车。因为村子里的人早就来报消息："一邻那里有入厝（乔迁）的人家，全村的人都去吃酒了。"

提着两串蕉，我们坐上潭南村入厝（乔迁）人家的上桌。跟着台南来的"匿名"检察官，我们听盖房子的包商跟信义乡议员聊着"九二一"重建的捐钱与抢钱、好心与黑心，也听他们聊着布农族人的快乐与忧

一手拿工具，一手拿相机。在房子大木构完成的祈福仪式之中，数数看，有多少台照相机与摄影机在留住记忆？

伤。在这个喜庆的聚会里，也在这个几乎见着全村子人的机会里，我跟湘玫与鋕铭带着村子里的关心，也带着入厝主人（乔迁人家）的慷慨，把全鸡全鸭、蛋糕点心，加上大小饮料全都兜回活动中心。嗯！大伙的下一餐，有着落了。

于是下山后的鋕铭跟我说："到潭南造屋是个难忘的经验。第一次在部落中过夜，和原住民自由交谈，以及和各地来的热心朋友认识。"同时，他也开始在台南老家的路边搭建花园，改变人与邻里、人与自然、人与居住的关系。他说，动手造屋，造的是人和房子的感情。

动手造屋，造的是人和房子的感情

陈德铭

像我们这种在都市长大的人，对于生活居处的直接经验，当然都是住别人盖好的房子。我们选房子，也是像选其他商品一样，挑喜欢、价钱合理又照顾得到生活需求的，就买了下来。而我们和房子的感情，就像旧式的婚姻，是在住进去共同生活以后才开始培养。从装潢、布置，在利用与生活中，透过适应与交融，才慢慢形成熟悉感。唯有在搬迁不舍的感觉中，才了解到自己对这居住的环境还有一点感情！

虽然这不尽然是每个人和房屋之间所发生的故事，然而许多时候，房屋只是人利用的对象，就像人利用自然一样，中间并没有主体间的往来，而是单方面的人对物的利用关系。这种商品利用的习惯，使人情淡薄，使人与环境疏离，使人活在外在领域扩张、但内心氛围却冰冷压缩的情境中。大学时跟着老师读马克思，虽然读不懂那艰涩的政治经济学，不过有件事还记忆深刻：在历史的进程中，马克思谈到在经济交易行为之前，人是透过劳动以生养，此时人与物透过劳动实践，事物中有人的印迹，同时又还复为人所用，因而产生相互交融的关系。你中有我，我中有你，主客之间乃有泯除界线的亲和性。就像有人说的，不管再怎么都市化的建筑，大家仍喜欢在家里的阳台弄点花花草草。这份对植物的依赖，反映出人类祖先还处在类人猿阶段时住在热带森林中的绿色环境记忆。所以在生活比较安定以后，我总想找个机会可以动动手，让自己和环境多发生一点关系。我在台南的老家，给了我这个机缘。

我的老家临近海安路，这条道路被规划为地下街，但是工程的施作很糟糕，八百公尺的地下街工程，弊案连连，拖了十年，花了二十余亿仍然无法善了。十年间，两旁住户出入不便，商店全部倒闭。这个工程是台南市西区居民的痛处，活生生断送一个繁荣的地方。今年好不容易通车了，可是两旁却是一片荒废的景象。虽然我现在没有什么钱可以盖房子，但是实在不喜欢那么荒凉，所以想将靠马路的小空地先弄成花圃，至少让人看到绿意，经过时心情愉悦。

我利用闲暇的零碎时间开始进行花架设计。看了几本园艺相关书籍，都提到要画草图，我便从纸上涂鸦到在电脑设计，把想象具体化，也找学植物的朋友构思花园的主题。因为老家靠海，我也当过湿地保护联盟的解说员，对滨海植物略有涉猎，所以把花园的主题设定为滨海植物为主，然后就开始实作阶段。先请包商把水泥地面打碎，接着围栅、填土之后，又围了一个小池子，准备种水生植物，愈做愈有兴致。花架是请无师自通的表弟施工，还有朋友帮忙安装自动洒水系统，我则跑了几趟海边采集种子或插枝的枝条。

虽然一切是土法炮制，但是动手操作的经验让我欢喜。除了自己的栽种，花园里有时还会冒出些不知名的植物来。看着成长中的新芽，猜测可能长出什么植物，是蝶豆、珊瑚藤还是山苦瓜？谜底揭晓，是在花园工作中的小乐趣。而最愉悦的时刻是在夜间劳动过后，坐在街旁的平台上，从海上越过街道而来的凉风，吹拂着疲乏但血路通畅的身体，我用松弛的身心看着自己工作的成果，再想象进一步布置的趣味，让我从繁杂的法律事务中解脱出来。

做工期间，家里似乎也产生一个新重心，和妻子儿女一起同心工作，和弟妹、亲戚，也多了一个讨论的话题。至于邻居，刚开始经过时会很狐疑地问我要做什么！后来看到弄了土，种了树，花也开起来了，整个景观改变了，来去经过时都会微笑问问打招呼。有人主动拿植物给我，有人会提供意见，重新认识一些老邻居，人和人的关系也拉近了。这花园，乃是我和海安路老家小区另一个感情联系的开始。

在这个第二个星期即将结束的星期六下午，即将返回红尘的铋铭塞给我四千元。"如果有需要，一定要跟我说。"车门关上前，他丢下这句让我放心的话。谢谢谢谢谢谢朋友们！不只铋铭，还有其他以各种不同方式打气的朋友们，是让事情得以完成的重要原因。带着感谢，我迎接着从台北赶来参加第二天论坛的张国龙老师与谢小芩老师。

[主旨] "人道援助·建筑/节能" 论坛
[时间] 2003.03.12 09:27

亲爱的朋友，

谢谢你对032003潭南协力造屋计划的关心，在此跟你通报3月16日论坛的讯息。

论坛主题:人道援助·建筑／节能

与谈人:

张国龙(台大物理系教授、"考选部次长"，长期参与反核运动)

迪特里希·博德尔施文格 [德国援助车诺比(即:切尔诺贝利)灾民协力造屋"白俄罗斯计划"负责人]

胡伯特·海因里希、斯特芬·莫里兹、马尔库斯·克拉尔(德国"白俄罗斯计划"技术支持)

赵念慈（工研院材料所热对流专家）

谢小芩（台湾清华大学教授）

以及多位长期参与社会运动，对打造美好台湾怀有理想热情的好朋友。

这些好朋友，将与我们分享在不同的社会与文化下，对人道援助的坚持与热情，对理想社会的想象与关怀，以及从专业的角度，与我们讨论可能行进的方向。因为，人道援助必须建立在简朴的价值观、人与人友善的互

动、人与自然和谐的相处以及对下一代负责的行为上。在这次协力造屋的活动中，我们希望除了传达一种"自助人助"的可能与思考方式，也希望能在现阶段能源使用上，分享一种"节能"比"开源"更重要的价值观。换一种方式来说，就是从长远角度来观察我们目光所及的"目前所需"。这些所需，是建立在我们对未来的想象，对生活的想望，也就是，我们想过什么样的生活上。

欢迎你到潭南来，与我们一起聊聊。

我们的论坛将于早上10:00开始坐定聊天。地点在文物馆前的广场。

由于我们都是"外来"到潭南小村的外人，所以必须恳请大家在行动上、在言语上、在带来的垃圾与饮食上，尽可能掌握内敛的原则。食宿自理，是我们同是外来者不得不拜托大家配合的原则。希望各位朋友能抱持周休两日轻松的心情，来到潭南与我们相聚。

3月13日，我们完成木结构，并举行上梁祈福仪式。地方长老与部落居民的支持，是我们目前最大最满足的收获。我们期待与各位分享。

论坛的讨论将进行至中午13:00左右。之后，潭南长老教会排球场有

精彩的排球赛。是一个场地两颗球同时进行喔!

许多朋友问到,在周末能帮忙些什么?

亲爱的朋友,如果你能来到潭南,能与我们友善而且自然地与村民互动,那么我们一定大大感谢你为我们带来的和谐气氛。因为,事情的成功,并不仅止于房子盖不盖得起来,更决定于村民怎么看我们。他们的愿意帮忙,他们愿意表达出的好奇,都必须建立在我们彼此的信任上。因此,就麻烦你周末的帮忙了。

当然,我们的工地,一定请你千万不要错过。只要看到扎布农头巾的朋友,他们就是参与盖房子的志工,请你随时询问。

3月22日周末,没有论坛的活动。

3月29日星期六,我们有完工的晚会。到时候再跟你说啰!

我们潭南见!

湘玲

迪特里希出身于德国公益事业的传奇家族,也是"要家园——不要车诺比协会"的负责人。

"要家园——不要车诺比协会"成立于1992年,而故事的开始则在苏联解体、边界开放后的1991年的夏天。当迪特里希组成"和平——脚踏车白俄罗斯之旅",车行经波兰与白俄罗斯边界,在目睹城市与乡村同时存在令人无法想象的贫困与疾病后,同行的朋友只有一个想法:必须帮助受到辐射污染伤害的民众离开污染区,另建家园。

以木为梁,灌注黏土与木屑造墙的黏土木架屋,是德国与白俄罗斯的传统建筑方式。在第一次世界大战的重建工作中,德国民众即以这种健康、自然、就地取材的建筑方式,以团体、小区参与的互助形态,用未经专业训练的手,自己盖起自己的房屋。从1991年开始,

来到台湾直说我们家园很富饶的迪特里希·冯·博德尔施文格（下图），正在接受纪录片导演张钊维（上图）访问。迪特里希曾帮助车诺比灾民重建家园。透过他的经营，盖房子不只是盖房子，更是盖起人在天地自然中安居的信心，试着与自己的现在与过去对话。

一群德国朋友与车诺比受害民众团结在一起，在白俄罗斯以传统的方式，渐渐筑起自己的家园。在这个团体中有工匠、研究人员、学生、退休人士、男人与女人，其中成员每年夏天都会拿出三个星期可贵的假期，前往白俄罗斯，靠着各界的捐款，在没有被辐射污染的土地上，建起"木架—黏土屋"。10年间，至少1000人参与到这个"造屋工作队"中，并已为灾民盖了33座房屋。

迪特里希不是工匠，而是一位牧师。迪特里希不会盖房子，可是迪特里希用盖房子唤起"自助人助"的精神，用盖房子建立起人与人互信以及对自己的信心。我们邀请他到台湾，因为他将自己的角色类比为接生婆——只在特定的时间从旁帮忙，之后就得离开，不会妨碍孩子自然的成长；也因为他将赚人热泪的慈善事业转化成另一种度假与旅行方式，将志工以助人为出发点的"付出"转化为成就自己的"获得"。

在论坛上，仁正翻译着迪特里希的话，传递我们以盖有形的房子来打造无形房子的愿望。无形房子的建造，就在每个人心里，也在人与人的互动间。

星期六一大早，就看见岑岑小小的身影在活动中心的楼台上向外张望。张望的次数多了，我也忍不住问她怎么回事。

"今天龚卓军要带学生来，算算时间该到了。"她说。

啊！岑岑在台湾中山大学教哲学的夫婿要来了。教哲学，特别是现象学与美学的老师，究竟为什么要上山来"建造房屋"呢？

我跟他拜托，千万不要说得太哲学。虽然他还是用"建造房屋的意义"来回答我，可是或许因为参与的是一个"脱轨"的旅程吧！这个硬邦邦的题目，在3月潭南时晴时雨、忽冷忽热、花粉热最易发作的季节里，带给我一种微风轻拂的适意，也让我了解"我在这里干什么"了！

[志工回想]

建造房屋的意义

龚卓军

"建造房屋有什么哲学意义呢？"2003年3月15日上午，我载着3个哲学研究所的学生从高雄赶往潭南，一路上，这个问题时时浮现在我的脑海里，但一忽儿就被学生在车上调笑嬉闹的高昂情绪给冲淡了。

我们来自一个刚刚在高雄成立不到半年的哲学研究所。立所之初，我和一位助理负责初期的办公室、研究室的家具采买装潢设计。我只记得当时每天上网查中信局规格的办公家具，与不同厂商接洽看样本、议价，自己画设计图，与助理和另一位老师讨论、改设计图，与施工师傅沟通、修正设计图，到最后设计招牌、建立网站。我记得曾经好几次走到完工的研究生研究室，想象着会有什么样的学生坐在我所设计的位置读书、讨论。如今，其中3位就在我的车上，他们选修了我的

"现代美学"课，正在愉快地说笑。但是，回顾上述经验，并不能帮助我想清楚"建造房屋"有什么哲学意义。

不过，一旦到了工地，这个问题就被我抛在脑后了。我想，不管"建造房屋"有什么意义，如果真有的话，它一定会以某种方式向我显现的。

首先，我们在认识环境、扎营、吃完中饭后，就面临了一个有趣的时刻：派工。派工的方式令我惊讶，它像是在邀请舞伴。我们一群人简单聚集着，聆听着工头描述待做的活儿，就像等待他领头去玩一场游戏。由于我们是假日志工，虽然我因此提醒自己和学生不要有观光客的心态，但是，派工时的气氛带来的自由新鲜感，仍让我忍不住想象接下来我会进入什么样的场景，我的身体将经历什么样的劳动，我将会跟什么样的人一起工作，似乎这些状况会在我选择工地的一念之间展现出各种不同的可能性，仿佛我们只是要去参观工地。然而，当工头不断地提醒我们工地安全的重要性，不断地跟我们讨论工安细节与护具的使用时，那种原本可能转变为观光的感觉，渐渐消失，心情很快被一种工作任务的客观要求所占据。

待我们走到工地，第二个有趣的工作环节出现了：备料。如果说派

工牵涉到人与人关系的自由形成与流动，那么备料显然带来了人与物的接触。从一位待在山上两周的周间志工（她的另一个身份是我的太太）口中知道，为了削木钉，必须要一手握紧小木条，另一手抓紧凿刀推削木条的尖端；为了做梁柱接榫的榫头，必须用到两个工作脚，把木柱横架在工作脚上，然后拿凿刀和木槌在一端凿出榫孔或榫头，同时木柱的另一端会站另一个人，也刻凿出榫孔或榫头。有趣的是，在两端进行凿工的同时，木柱上还会坐着两位固定木柱的人，这样，自然形成了四人的工作组，也形成了自由交谈的关系空间。

学生、我和几个朋友两人一组，分批搬着沉重的长条木板到达工地，之后，就开始为敷墙用的木屑混泥巴备料。除了几年前当兵做匍匐前进时，不得不让汗水泥土"糊涂一片"之外，我在暌违了打弹珠玩泥巴的童年20年之后，重新接触了黏土、木屑，重新接触了黏乎乎的泥巴、大量掺水的搅拌融合，也重新接触了我失去的童年。那是一种专心与物交游互动的状态。我们紧靠着一张双人弹簧床大小的铁制搅拌池，用铲子和久未使用的腰力奋力往池内搅和，或干脆跳进池内，用手摸索不适用的木头纤维和石头，用脚踩踏出黏土、木屑和水的最佳融合状态。

我们用手推车把一堆堆的木屑和黏土倒入搅拌池，不久之后，再把搅拌池中拌好的木屑混黏土铲进桶子，桶子又送到木构造已架起的各个角落，让每个夯墙体者将这些原料倒入墙格中，用力夯实一坨坨的物料。渐渐地，人与人的关系、人与物的关系在墙体的建造中得到进一步的发展。墙体出现了，窗框出现了，门户出现了。阳光开始被遮蔽，山风开始被阻挡，天空开始被屋顶隔离。墙体之间的人，在工作过程中，不仅与物有了私密的交流、与人有了亲密的交接，更在此空间聚合出了伙伴与邻人的同情共感，不知不觉中，我们开始对别人的需要敏感而不吝回应，我们开始不在乎自己原本的身份与企求。老实说，哲学问题早已被忘得一干二净。

　　于是，时间不再是资本主义劳动的计量单位，它变成了打开新感受、认识新事物、结交新朋友、创造新社群生活方式的瞬间，一个让我们自己不再是自己、自己走出自己、自己变成真实自己的中场时间。

　　其实，这种时间感对每个人都不陌生，我们每个人的童年不经常都处于这种时间状态中吗？当我们小时候那么认真地在树上架木屋、在林间搭建基地，我们在梦想着什么呢？当我们一丝不苟地在屋角叠积木、在海滩筑沙城堡、在院子里玩家家酒，我们又在营造着什么呢？我想，我们的梦想与营求并不完全是实体的房屋，更重要的是一个让人可以放松自我或尽情蜷缩其中的所在，在里面，时间慢下来了，慢得足以发生各种对话，足以让所有的缄默回荡绵延。我不愿说这才是真实的时间经验，但还有什么时间经验能让我们觉得更亲密地跟自己在一起、跟他人与事物交融为一呢？

　　那天下午，做完一部分墙体之后，我的学生说他累得直不起腰来，却满手泥巴、高兴地夸称有两张窗子的那一片墙是他的杰作。我记得在西方现代美学的课程上，他一向静默，如今他却整个人都活了起来。

　　晚上，我们轻松地坐在营火边烤火聊天，也到潭南小学的美丽校园蹓跶，在一排松树所面对的小操场上散步时，我突然有一种莫名的充实感，一方面是在"九二一"震灾后，一直想要为别人做些什么，一直想要为邻人、同胞分担些苦难的冲动，似乎在白日的劳动中得到了些许满足；一方面是在我与学生之间，经过立所以来半年多课堂纯粹观念的论辩后，如今总算有了一种浪漫感受上的默契，似乎这一天的共同劳动与实作参与，说出了一些比我半年来美学与伦理学课上还深沉的事实与原则。

　　第二天早上，我的一个学生生病了，后来才知道她身体不好。但是她说，很久很久没有愿意"带"她出来"玩"了，她说她前一天下午玩得很愉快。之后我们几个人跑去另一个工地帮忙为木架构锁螺丝、定位，并且体会跟许多人一起撑起局部锁好的木架构、等待架上的朋友立即做立面锁定的"集体建立感"，这又是另一个层次的劳动融合。但是，这种感受跟一般的劳动中会产生的感受又有什么差别呢？

差别显现于矛盾之中。有朋友提醒大家，这一天是周日，也许是应该休息的日子，不应该在这时候让志工们赶工。但是，不同工地的工头们似乎不避讳有不同的主张。所以，在有些志工选择在教堂前的广场跟村民打排球的同时，也有工地在这时候仍继续工作。这种工作哲学上的差别在一般工地中是不会显现的，我想，这就是3月协力造屋过程中最令学哲学的人兴奋的一刻！当然，这样听起来，哲学工作者好像是唯恐天下不乱的一群，但毋宁说，其实是隐藏其中的矛盾，让人不得不思考较为本质的问题：我们为何来此建造房屋？

如果房屋营造的本质是：在建造居住空间的同时，让此空间中的世俗时间清新重整、亲密关系重新缔结，那么，村民房屋建造协力者若有机会参与村民的打排球，在游戏中自然交流，在休息中展现自然的一面，会不会比分头不停苦干来得更有"大家聚集在一起"的意味呢？在孜孜不倦、戮力以赴的"集体做事、集体建立某物"活动中，如果没有轻松交流、游戏相陪的"集体不做事、集体面对彼此的脸"的时间、空间，是否反而会让工作节奏和时间感显得千篇一律，失去了让人感觉"在家"、让人感觉"碰见了家人、招呼了邻人"的机会？资本主义不是一向就这样干的吗？

矛盾让人可以生出疑情。如果疑情暂时难解，最好有个地方可以让人打打排球。

有趣的是，在我选择下午放假休息（虽然我上山来没工作多久，但我在山下的确已工作过久了），选择不工作、纯打球，并上场打完排球之后，我放松下来跟着学生一起席地而坐，流汗、吹风、喝水，在随着排球的起落叫喊之间，我突然领悟，"建造房屋有什么哲学意义"？

并不是个顶重要的问题。此时此刻，我与我的学生突然不再陌生，我们变得像朴实的邻人，像亲爱的兄弟姊妹，像无私做事的伙伴，这种安定地聚集在一起、呈现出彼此不同的想法与感受的过程，不正是"建造房屋"的真正意义吗？

第三周 》

2003. 03.17-03.23

小朋友进工地↘

在第三个星期，我终于认识了亮旻，也认识了豪子。他们一个是妈妈，一早就在工地上努力工作、大声唱歌；一个是儿子，从早到晚都在潭南多雨泥泞的斜坡上奔跑、兴高采烈。为什么提起亮旻跟豪子呢？因为亮旻在第一封信里就跟我说：

"我有一个两岁半的小儿子，也可以带去一起参加吗？如果可以，那就太好了。谢谢你提出的这么好玩的计划，看了真让人兴奋，期待与你相见。"（2003.01.16 07:12）

对呀！就是这个感觉，我们的计划一定是好玩的、令人兴奋的，因为在这个强调社会参与的计划里，我们希望透过不是专业的手，不管大人还是小孩，男人或是女人，让身强的帮助体弱的，让熟手带着生手，大伙儿在欢愉的气氛中，把友善与快乐盖进房子里去。所以，我跟亮旻说：

"非常非常非常非常非常地荣幸，如果小朋友可以跟你一起上山，一起参加盖房子。我会尽力协调部落，看是不是能够找到一个寄宿的家庭，让你们可以有一个房间，可以让小朋友舒适些。当然也有可能是，小朋友喜欢扎营，或者打通铺？"（2003.01.16 11:53）

很快，荒野伙伴亮旻给了我一个非常健康的回答：

"住对我们不是问题，我的孩子常和我们出野外，颇能随遇而安。两岁的小儿子也很能自处，对他而言这个世界仍充满了新鲜，他很能自得其乐，大人只是要多花一些心力注意他在探索的过程中不要发生危险。因此，扎营或打通铺都是OK的，先谢谢你的费心。"（2003.01.17 01:36）

在妈妈对孩子的信心下，我对"大人带着孩子"与"阖家光临"充满了期待。在写给同样是荒野伙伴的杨文的信中，我提到："不管我们盖一栋房子、五栋房子或一百栋房子，都不及我们可能对一个小朋友的一生，或者不要讲这么严重，对小朋友某一个成长阶段，产生一点小小的影响与保留些难忘的回忆。当然，我更希望，小朋友能够跟我们以前不一样，对世界与未来的看法，不再局限在'书读得好才是好学生'。能够较深刻地、眼界较宽地、心情轻松地，甚至心地更柔软地来看人与人之间的关系，来认识工作的意义……"（2003.01.14 12:51）

于是，在"布置一个安全玩耍的环境"下，亮旻即将带着"一个六岁、一个两岁半的儿子，以及周末来参加的老公，加入这场盛会"。

对亮旻的孩子，也对其他将随着爸爸妈妈或老师上山做工的孩子们，我充满期待，充满了可能发生一点小小影响的期待。至于这个小小的影响是什么，我不知道。或许就像亮旻说的，一个陪自己长大的机会。

而这个一直与盖房子并列的主要目的，同时也是跟当地合作伙伴一直都有共识的期待，就在即将开工前有了新的发展。在写给所有联络人的信中，亮旻提出"关于孩子进工地的疑问"。

[主旨] 关于孩子进工地的疑问
[时间] 2003.02.25 03:46

大家好：

阿布提到，黄先生说因为工安法规定，小孩不能进工地。我在联络的过程中提到这件事，有孩子的伙伴都有些惊讶，原本以为是可以一起工作的。

很多家长带孩子去是希望孩子也可以帮忙盖房子，即使能做的工作不像大人那么多，但一起玩泥巴、做砖头、看着房子成形，我想是很多这次带孩子去的家长原先预期的。

如果确定孩子不能进工地（几岁以下的不能呢？），大人工作时孩子要如何安排，可能也须先有一个大概的想法并且事先告知。

因为在学的孩子是请假去的，如果无法参与盖屋的体验，有的家长会感觉只是纯粹让孩子请假晃荡数星期，他们可能必须重新安排或思考是不是让孩子一同前往。

[主旨] 阿布的回信
[时间] 2003.02.27 01:30

关于孩子进工地的问题，大家都有不同的想法与看法，可是第一周的孩子怎么办呢？

目前情况是谢英俊这里的工地不准许孩子进工地，可是昨天工头阿桂担心的是10岁以下的孩子。我问如果是中学生以上呢？他说就应该没问题。嗯……自己以前有耕种的经验，对孩子有信心，我想，全人中学排第一周的孩子就由老师带来吧！

究竟多大的年纪还是孩子？究竟多大的年纪可以为自己负责？除了法律的规定之外，我们能够讲出一个让自己也信服的道理来区分吗？我们究竟应该怎么看待"孩子在工地"与"孩子进工地"这样的事情呢？如果这是一个欢迎大家参与的"盛会"，不会规定不能带小孩参加。可是如果被定义成一个"工地"，工地计算的是可资使用的人力，那么小孩只会影响人力的运作，所以不受到欢迎。但是，全人中学的学生，还是小朋友吗？学校老师周郑州跟我联络："学校相当重视这一次的计划，因为我们预想这样的实际参与会带给学生不同的经验与世界观，为学生开一扇窗。"

像所有希望让孩子有共同劳动记忆的父母一样，"为学生开一扇窗"是如此不能被拒绝的想望？的确，不让小朋友进工地，是一种小心。但是让小朋友在受到保护的情况下进工地，则是一种智慧。于是，在"工地毕竟是工地，对大人与小朋友都一样存在风险"的考虑下，我赞成"学生在老师的带领下，可以进入工地帮忙"。在周郑州、何文绮、田薇、罗弘维四位老师每周带领2~3位高中以上年龄的学生参与下，全人中学的学生进工地了、亮旻带着六岁的豪子进工地了、琪芬带着七岁的阿资进工地了、咪咪带着十二岁的林泽与十岁的林恒进工地了⋯⋯

如亮旻所说："把所有一线、二线、支持后勤等协力完成房子的事情都当做造屋活动的一部分"，与潭南的小朋友一起玩耍，与小狗狗一起吃饭，也都属于我们在潭南一个月的生活内容。就这样，许许多多的小朋友就在周间与周末，跟着爸爸妈妈或老师进入"工地"。不！一起参加我们协力造屋的"盛会"。

这一场大家参与的"盛会"，怎能少了孩子们呢？瞧吧，阿资在和小狗小黄一起吃饭，恺辰跟着妈妈雅婷、孟宇跟着妈妈淑惠在搅拌黏土木屑，山上的时光就在这样的生活和工作中流逝。

我把心留在潭南

何亮旻

亲爱的朋友们：

　　由潭南造屋的工作回到日常的生活已经五天了，坦白说，仍非常惦念山上的一切……上星期五国祯到车站接我回家，见到我说的第一句话就是："怎么样？！"突然觉得这样百般的滋味不知如何诉说，停了一会，笑了笑对他说："我把心留在潭南了！"

　　我想起那天和阿布站在鹰架上一同做着夯土的工作，阿布开口说："其实我觉得这栋房子是大家的。"

　　阿布开始说着她遇到参与这工作的一切人事：付出的时间、善意的捐款、不断地收到来自各地"功德主"的物资捐赠，包括一位无法参加造屋工作的菜商，总是"半买半相送"地将车堆满了菜……我听着阿布说着这些温暖的举动，看着阿布脸上灿烂的笑容，突然觉得自己在墙体中夯入的是一份份的人与人间的互助、善意以及信任。那份感知，我想永远都会是我心中一个温柔的角落。

　　星期五下山前向湘玲及大家告别，相约着这个周末的完工典礼再见，部落里的人看着我背起行囊，依依不舍地说着："怎么这么快就要走了呢？"笑着说着自己的舍不得，但心里真的有一种泫然欲泣的冲动，好想继续留下来到结束……其实一直以为自己是淡漠的人，却

不只是 盖房子

不曾想在这短短的一星期里这个我从未听过的地方竟如此地牵绊着我的心。

　　我们这群其实并不十分相识的人，怀抱着各自的梦想来参与房子的建造，或许也是在将心中的想望与现实接轨吧！在日常生活的贴近与相处中我们逐步明白彼此的异同，也试探着自己身心的无限可能，白天一同流汗努力、使梦想成真，夜晚和部落的人们、工作的伙伴一同围着营火、交换心事、放怀高歌，这样纯真的善意、为彼此设想的体贴，是我们在快步迈进、快餐的社会中所逐渐失去掉落的吧。于是在聪聪的牛仔裤上写下了我心爱的词句："君到江南赶上春，千万和春住。"

　　潭南的一星期，心情一直如在春天这个美丽的季节，江南太遥远，我却确实实在潭南赶上了春天，且有缘同行一段。这样美丽的心情，当然要和亲爱的你们分享，希望春天也在你们的心中长驻……

觉得幸福的亮旻

3.26

落入凡间的仙女 ↘

　　仙女喜欢旅行。她们有时候住在天上，享受不食人间烟火的悠闲安适，有时候她们开着一辆白色的车，载着两床松松软软的大棉被——一床当垫背，一床当棉被，兜着冬衣、春衣与夏衣，拎着拖鞋、便鞋加雨鞋，当然还不忘记入睡时抱抱用的小熊，再加上一台手提电脑，到处旅行。因为仙女喜欢旅行，所以我们常常会遇见她们，虽然我们有时并不清楚，到底自己是在天上，还是人间？

　　3月，我们就遇到她们其中的一位。

> **[主旨]** 我是落入凡间的仙女
> **[时间]** 2003.05.28　01:13

　　湘玲：

　　看到你寄来的照片，不禁又让我回想起那不食人间烟火、每天都有人做早餐的仙界生活。凡间的生活，起早晚睡、劳顿三餐，写字挣得微薄稿酬，都拿去缴那交通罚单，修理那辆小破车。唉，我是落入凡间的仙女……

友渔

　　从"落入凡间仙女"的自首我才知道，原来潭南3月所发生、所经历的，乃是仙界生活。原来那一个月，我们都身处仙界而不自知。尽管友渔说："德国工地的活儿，手使用得相当费劲儿，到山上铲土、搅拌黏土和木屑、用桶子传递沉重的黏土，工作得相当扎实。因为手的使用过当，又没有适当地休息，我的右手腕隧道症候群旧疾发作，两手麻疼得再也举不起铲子。本来要全程参与的造屋工程，由于手伤，我决定让这两只敲键盘的手好好休息，并看医生治疗。在山上待了两个星期又两天后，我黯然地离开潭南。"

于是，在3月18日，在仙界"做苦工"的两星期又两天，仙女友渔离开潭南，继续她的"生命是一段长途旅行"。

[志工回想]

生命是一段长途旅行

张友渔

曾经有好几年的时间，我在屏鹅公路、南回公路台九线这段回家的路程里飙车，一次又一次地想超越上次回家创下的行车纪录，几次惊险的超车也无法让我停止这种竞速。

当时，觉得回家是一件很苦的差事，从高雄到花莲五个多小时的车程，得从屏鹅公路开上南回公路，到台东的滨海公路，再开上一小时的花东公路，回到花莲县玉里

小镇的家。我总是想尽办法要在这段路上创造新的纪录，处心积虑地开快车并超车，我想缩短行驶这段路程的时间，仿佛为了我的信誉得赶在三点半前到银行轧一张支票般的急迫。如果，我能比上次回家的时间短

个10~15分钟，我便沾沾自喜，以为赚进一些和金钱等值的东西。有时难免在途中有所耽搁，回家的时间晚了许多，心里就觉得怅然若失。有时，我以为我赚到了时间的同时，警察局也送了我几张超速证明。渐渐地，我对这种用生命去与时间竞逐的游戏感到疲倦，愈来愈不爱回家了。寻找各种不回家的理由敷衍在家等候的母亲。

有一天，因为眼困，我把车子停在枫港的路边，站在路边看着海，吹着海风，我在海边驻足了半个小时，这趟回家的路，我已经耽搁了。忽然不在乎再多耽搁些时候。我甚至想耽搁更久。

看着海，我在想一个适当的形容词来形容大海，这个形容词必须是独一无二的。因为关于海的、浪的诗太多，不需要锦上添花，而需要的是一句特别的、听来会怦然心动的、独一无二又恰恰当当的赞美。每回回家我都站这里想着那句绝美的形容词，有时候，我会想出一两个形容词，但是，我都觉得不够好，于是我告诉大海，下回我一定可以想到更好的。于是，这变成我和大海的约定，变成一种对话。

这个美丽的耽搁，让我的生命、我的生活态度有了重大的改变。回家的路途也许真的很遥远，但是，这途中的风景这么美好，我怎么不用旅行的心情回家呢？

回家变成一种有趣的旅行，即使是再熟悉不过的景物，透过旅行者独特的眼，依然能读到不同于以往的风味。我喜欢在黄昏的时候抵达池上，这附近有着宽阔的田野，倚在路边的水泥护栏上，欣赏夕照倒映在水田上，老牛拖着碌碡，来来回回地将映在水田上的那颗大蛋黄打破，将一方水田硬是给涂染上一片炫黄。当稻穗成熟的季节，花东公路两旁的稻田，展现着不同层次的金黄色，我会停下车，或驻足欣赏，或蹲在路旁，看着弯垂的饱满的稻穗，想象着黄褐色的壳里住着白白胖胖的米粒。

世界美丽起来。回家变成一种享受。

有时候，我会把车停在路旁的某个部落的杂货店前，走进店里买一支棒冰，坐在店前的板凳上，边吃着棒冰边看着村民的活动，享受着这片刻的小村景致。

我也曾经在太麻里街上猛地停车，拦下一辆载满牧草的拼装车，问开车的老妇这些牧草给谁吃的。

"羊仔吃的啦！"老妇人说。

"我可以看看羊吗？"我问。

老妇人大方的应允，并要我跟在她的身后。

彼此的友善让这份萍水相逢的友谊进展得相当快速。老妇人家里养了一千多只的羊，她将一只出生才两天的小羊放我怀里；她钻进路旁自家的释迦园摘了三颗重达三公斤的凤梨释迦放在我车上……

"下次要来先打电话，我让我儿子宰杀一只羊请你。"临走前老妇人握着我的手很认真地说。我感动得无法言语，这个老朋友，已经成为我回家的一个牵挂。

当你用旅行的心去看世界，这个世界就处处充满惊喜。

当你用旅行的心去生活，用旅行的心和人相处，你的心胸会变得愈来愈宽厚；谁会在旅行的时候，让不愉快的人、事来扰乱旅行的美好呢？旅行的心情让生活变得可爱起来。

生命，其实就是一段长途旅行。

有一天，我旅行到了南投县信义乡的潭南部落，听说这里需要一些盖房子的人，不管你会不会、有没有很大的力气都没关系。

潭南村是一个斜斜的村子，所有的房子都盖在斜坡上。他们将比较不斜的地方铲平，然后盖房子。村子里有一条斜斜的道路，直直的贯穿

村子的中心，所有的村民、所有的狗和猫每天都在陡陡的斜坡上走来走去。村民们背着书包、提着菜篮、扛着木头上坡又下坡，练就了一双好腿力。

"九二一"地震的时候，潭南部落灾情惨重，重建的行动至今还在进行。住在德国的湘玲和仁正，将德国讲求自然又环保的黏土木架屋概念带回潭南，招募了一群来自全台各地的志工，合力盖一栋房子。

这让我想起童年所住的乡下房子。我的童年是在花莲县玉里镇一个半山腰上度过的，我们早年住的木造房子，是亲戚朋友合力盖起来的。母亲说，当时只请了一位造屋师傅在现场指挥，其他人力全是亲戚和邻居，用的木头是屋旁的苦楝树，屋顶则是茅草晒干后，一层一层铺上去的。往后，每年再叠上一层干茅草。一直到台风将整个屋顶掀起，才换成铁皮浪板。

母亲说，不管是帮忙盖房子、还是帮忙割稻，在那个时代，是一种很有默契的换工的行为，不需要契约制约，今天我帮你，明天我需要帮助的时候，就会看见你出现在现场。

这动人的互助模式，让我深深着迷！

没想到，我也能在这种互助模式几乎就要被新时代潮流淹没消失的时候，和一群可爱的志工用双手和汗水去回忆老祖母年代的智慧。

潭南，只是旅行经过的一个美丽的村落，生命是流动的，我们还有接下来的行程要走。在潭南，我带走的最珍贵的旅行纪念品，是一群气味相投的朋友，在人生这么漫长的旅程里，一起结伴同行。

别担心、别紧张 ↘

上山四个星期，在整整四个工作周、二十个工作天中，我们想完成什么？什么是期待由我们来完成的？参与的志工朋友各有各的想象与追求。

在3月陆续开出的六个工地里，在每日派工的时间中，志工朋友们自由选择在德国式的黏土木架工地与谢英俊建筑师五个申请"九二一"重建经费补助的工地间贡献自己的时间、体力、劳动与关心。然而，一个工地需要十五人到二十人、四个工作周的工作，那么六个工地呢？

从一上山起，许多忧心忡忡的志工朋友们就担心着"人不够"。可是在潭南小小与平静的村子里，在我们共同吃、住与生活的工作营里，四十五人到五十人已经是容量的极限。那么，我们应该做到什么地步？

有的朋友上山，为了参与一栋房子"从头到尾"的工作，希望看到房子从无到有的过程；有的朋友上山，为了付出劳力，同时看到努力之后的成果；有的朋友上山，因为想在最短的时间，贡献最多的心力，所以，"效率与成绩"似乎成为对比于"体会与思考"另一种思考模式。而"志工不是蚂蚁，不是用来操兵演练的"想法，并不一定是所有朋友的共识，于是，除了星期一到星期五的工作时间之外，许许多多担心的志工们仍然在星期六、星期日，摒除所有"杂念"，专心一致地在其他未休工的工地上努力。

3月20日，在上山两个星期又四天的星期四晚上，谢英俊建筑师第一次与参与的志工们面对面谈话。他说到"九二一"重建以来的辛苦，说到工作在潭南小村推动工作的不易。最重要的，当志工朋友担心无法做完"应尽的责任与义务"时，他说："别担心、别紧张嘛！我们开这么多工地，就是有这么多志工会来嘛！你们待一个月走了之后，我们还会找很多人来啦！不是只有你们啦！"

于是，在第三个星期结束的周末，几位两个多星期来都不曾离开工地、不曾离开潭南的志工，终于放下不曾稍稍停歇的责任感，到东埔泡温泉去了。而我始终对"志工应尽的责任与义务"，毫无头绪。

无形的房子 ↘

"我们的房子"就盖在潭南这个斜斜的村子里一条直直贯穿村子中心的斜斜马路旁。在这条陡陡的坡道上，不必刻意地，我们一天可以跟这个妈妈、那个阿姨打好几次招呼；可以听到小朋友、大朋友上下学的热闹喧哗；可以见着一天来探看我们好

小朋友的笑容最诚实。放学洗澡后，放着晚餐与电视，跑出来夯土墙。"弄脏"的同时，无形的房子已经在心中成形。

几次并帮忙做工的谷长老跟Tiang，与到幼儿园接送小女儿的白长老，还有就住在对面精攻打猎与编织的猎人Blam与织女阿敏。当然也不要忘记了，要去借水借电、洗澡上厕所，还要时不时地从村人手上接下新鲜蔬菜。在潭南工作与生活将满三星期，我们知道"梦一梦"不仅是谷长老说话的方式，也是他与先人、与自然交通的方式；知道龙须菜与小白菜可以与槟榔树共生共存，不需施药打虫；知道石板屋是潭南村人找寻与过去联系的途径；知道"我们与他们"，不，"我们大家"都一样，试图透过盖有形的房子，来盖起无形的房子。

无形的房子串接起我们人与人之间的联系，让我们因为对未来无知所产生的恐惧有了依托的可能。无形的房子联系起我们的怀乡记忆，让过去技艺的发生有了现代的意义。无形的房子唤起我们面对自然力量与未知世界的敬畏，让生命安居在生活的当下，让"我们"不必因为相对"他们"而高大，不必让"他们"因为面对"我们"而渺小。当我们因

为一起劳动而成为"大家"时，当这些在语言中以友谊、尊重、了解、互助等等抽象名词现身的想法落实在潭南的生活中时，我见到绣莲跟谷长老穿着一式连花色都相近的连身袖套，听到Tiang有跟我一样的问题："我们的祖先从哪里来？我们要走到哪里去？"

就像谷长老遇到重要决定时总要说的："我要先梦一梦，看祖先怎么说。"在3月潭南将近三星期的生

在搅拌池里，在土墙里，我们撒下快乐与友善的种子。

活中，让我们渐渐重新联系起一种敬畏天地、敬畏自然、敬畏祖先、敬畏未知的态度，一种迥然不同于战胜与克服的人生和谐，让人记起"安居"是我们身处无法预知的生命旅程中渺小的愿望。

3月20日，当旭正终于从台南艺术学院赶来潭南协力造屋，我们的大木构已经在一个星期前结束。但是，泥浆混着木屑，随着有形房子的泥墙愈筑愈高，我们心中人与人疏离的高墙却在逐渐地倒下。在太阳冲破云层的蓝天下，泥浆木屑的搅拌，运送传递的吆喝，泥脸泥手与泥脚成为游戏的主角。在无形房子的建造中，因为旭正"房子不是在我手中完成"的谦逊，让我相信，土墙里一定藏有种子，而且，种子即将发芽。

土墙里的种子

曾旭正

记得最早从网络上得到上山建屋的讯息，是在台南县政府的副县长办公室，那时就有一股冲动想报名参加，但在县府那么忙的情况下，这根本是不可能的事。印象深刻的是，那则征人启事中强调了几种适合参加这活动的人，其中之一是"刚把老板Fire的人"。没想到，再过不到几周，我真的把老板Fire掉了，跟着也就如愿地报名了。

原本预计参与整整一星期的我，到后来只参与了从3月20日到22日的三天。那时工程已近尾声，伙伴说最壮观刺激的是把屋架立起来的那个星期。这我完全可以体会，但并不特别觉得可惜！我来，就是为了参与劳动，而且知道只能是其中的一小部分。房子绝对不是在我的手中完成的，但我参与了其中的一个段落，在我之前有多少个我不认识的人做了不知道多少的工作；在我之后，也不知道还要多少人投入多少工作，它才能完成。我就是到了基地，让人分配工作，努力地拌着土浆，仔细地填补着墙缝，然后休息，看看别人，吃点东西，与人说说话，知道一些事，然后继续上工。身体勤快地劳动着，头脑精明地找寻判断着更好的做法，时而闪过一些片断的思考……

1951年德国的哲学家海德格（M.Heidegger）讲授"Building, Dwelling, Thinking（'营生、安居、思考'）"，对建筑现象学的发展颇有启发。其中，"Building"一词在德文是"Baun"，海德格认为其意义并不特定指建筑物或建构的行为，而是指人在世上的种种作为，姑且译为"营生"。海德格认为人在世上进行种种"营生"的行动乃是为了"安居"(Whonen)。他进一步从古字源去追究与诠释这两者的意涵。在古德文中，"营生"有珍惜、保护、保存、关怀的意思，特别是有"耕耘"与"栽植"的意思。海德格因此特别引申，人类的营生有两种基本类型——培育与建构。

培育是指对农作物、牲畜的培养，主要的工作在于照顾；建构则是指制造某些成品，构筑环境。培育和建构都是营生的手段，在于让人们能将他们对天地人神的理解展现出来，同时，人得以安居其中。"人经由安居而在四端之中，安居的特质是有所宽待、有所护卫。人安居，根本地护卫了天地人神四端的存在和呈现。"海德格如是说。

这是1987年我在东海硕士学位论文中的一小段文字，一向清清楚楚地支持着我对生活世界的理解，想来也是鼓舞我参与这活动的根本力量。

除了来享受劳动的满足感外，在上山之前我就好奇于其他来参与这活动的成员，他们是什么样的人？因着什么样的动机而来？这样的活动宛如一个孔目特别小的筛子，经过这筛子挑选过后能够到来的，必然同质性很高。那是什么样的一种人的质性呢？

记得活动中有人表示曾以星座、血型等作过统计，不知结果是否有明显的集中分布可作为佐证。就我有限的观察，倒是与原本的预想颇为接近。这是一群"热心的"、"自我意识高"、"喜爱技艺"、"有梦想"、"不愿受社会束缚"的人，可喜的是，他们分布于各阶层、不同的工作领域，且男女老少都有。我接触到的，有知名公司的中阶年轻主管，特别喜欢穿上连身工作服；有自己曾经料理兴建自家楼房的中年妇女；有刚毕业尚待业中的年轻女子；有开着独立工作坊，以追求生命与生活的意义为人生目标为业，带着小儿子同来的妈妈；有自我意识高过头的艺术家，一不小心就擦枪走火引发冲突；有来自花莲的年轻公务员，带着大大的行囊翻山越岭而来。言谈之间最大的共同点就是——梦

不只是 盖房子

想动手盖自己的房子。

营造过程中，我从事的工作说来单调，就是"补壁"罢了。筛过的红土、手工挑过的木屑片加上水，在大桶中经过一再地翻搅、踩踏，直到充分拌合成"三合土"，再装入提桶中，一桶一桶地递给站在架上的工作伙伴。伙伴们再用手抓出一团团的"三合土"塞入墙板中，用木棍一一捣实，愈到上方屋架交叉处，容身处愈小，工作愈不容易，总是要大半天才能填筑数十厘米高。唯有在模板拆除时才能看到工作的成果，一条条水平的线条是模板接缝自然形成的质感，不同时间拌合的三合土含水量或木屑片比例略有不同，也造成色泽的不同，充满手工的韵味，十分动人。有时候，我们好奇地想着，这些土墙里一定藏有种子，会不会哪天真的从墙上长出绿意来？

没有太多机械的帮助，我们不得不动手动脚，不得不分工又合作，归零到接近工业化之前的状态。在抓捏踩踏泥土与木屑的动作中，来自土地的材料让我感觉到"实在"，也体会到人在天地之间营生的不易。远古的祖先所遇到的困难势必使他们更加不易，但他们一定在过程中不断地调整，找到更有效的做法。一代代累积经验，传递工具与口诀，建立工作程序和分工模式，乃至于对未知之世界的敬畏而衍生禁忌。禁忌因敬畏而生，受敬畏者，人们称之为"神"。

工业化之后，人类的工具增加了，种类更多、马力也更大。君不见，今天的怪手（挖土机）一铲即挖起上吨的土方，古人需得用多少人力才能用铲子挖起、用畚箕挑走。强而有力的工具节省了人力，但过快的动作也方便地省去了敬畏。失去敬畏之心，人们离安居自然也就愈远了。

潭南三日，慢慢地劳动、深深地体会，时间很短但历史很长，一再咀嚼回味，充满感谢……

感谢谁呢？或许就是感谢在生命中一股奇妙、促成大家相遇的力量；或许就是感谢在劳动中才体会到的敬畏之心吧！

第三个星期结束 ↘

　　错过第一个星期结束，错过了第二个星期结束，从第三个星期开始我们就念兹在兹：这个星期，我们一定要在星期五下工、大家赶回正常生活之前照毕业照。所以在3月21日星期五早上的派工时间前，在下午四点钟的点心时间前，我们抓到时间就照相。

第三个星期结束前的毕业照。相片最前面站在斯特芬（图下左）旁边、笑得高兴的美惠妈妈（图下右）把工头仁正着实吓了好大一跳。才开完刀两个星期，她就上山来吃着止痛药做工。赶紧赶紧，工头拜托她先回台北好好疗养身体。

　　斜斜的屋顶夹起尖尖的山墙。房子面向马路高高的阁楼墙面，得先钉上模板，才能塞进黏土木屑。在小小尖尖的山墙顶上，得用手一小撮一小撮地，把和着木屑的泥团塞进模板的夹层，得小心翼翼地才能用手取代木棍，把土墙夯实。虽然这栋房子的所有权与使用权不归我们，可是我们却像是在盖自己的房子。自己的房子，每一个榫接都要切实牢靠，每一处墙体都要结实稳固。这是一栋大家的房子。

3月21日星期五，第三个星期就要结束。在第三周志工的齐心努力下，在第一周、第二周志工下山又上山、下工又上工的赶工下，我们完成整栋房子的墙体。

然而，一个星期的结束，代表有人下山，有人上山。有即将面临的分离，也有期待中的相聚。"婉婉妈"是我们在潭南对婉婉黏密的称呼，虽然，她一点也不老。只是她把在美国的一家子放着，来到潭南，带给我们一种家的温暖。三个星期以来，她在活动中心靠窗的卧铺，每天整整齐齐的，散发出妈妈的味道。不过她在熄灯后常亮着一只小小的手电筒，小小声翻看着书，像极偷偷熬夜看小说的少女。三个星期结束，这正是婉婉"抛夫弃子"的极限。3月22日一早，早已起床的仁正走到我渐渐已经睡习惯的乒乓球桌旁说："婉婉要走了。"

原本以为"睡过去了"，就可以躲过离别的悲伤。但是心知肚明，这一刻不会延迟地来到了。就像火车就要开了，飞机就要起飞了，计划好的旅程并不容易说改就改。第一次，这么不在乎是不是已经洗脸刷牙跟梳头，跑下楼，一群人早已站在等候的出租车前。

说好不流泪，其实真的没有什么好流泪。在潭南的日子，既快乐又充实。我们都在生命中获得珍贵的友谊，留下不会磨灭的记忆。但是为什么终究还是会感伤呢？或许，我想到的是自己，自己跟婉婉一样，在一个星期之后的离开，不是山上与山下、台北与潭南的距离，而是一种两地牵绊的系念，一种在"外面"才深刻体验到的乡愁吧！

"好好过日子！"

我跟婉婉说，也跟自己说。

[志工回想]

因为有梦我们相聚

陈婉婉

七平不到的空间，几个发黑的工具，没有放大镜，没有特别的照明，在等待的空当，我发现这小小凌乱的空间，除了刻印章，还兼修表、打火机、换电池、装锁……十分有效率地发挥它的功能。

便利商店前，数十年如一日。卖饭团的欧巴桑如何一个饭团又一个饭团地把三个孩子拉拔成人……

巷口的四海豆浆早点，三分钟内可以无误地把订餐送到每个客人面前……

素不相识的（山地乡）德文村长，放下一起上工的老婆，载上山中迷途的我与儿子，确定我们安全才离开。没有几句话的交流，照样让我感受深刻。在他布满风霜的脸上，我看到美，真正的美。

三峡祖师庙年轻的志工解说员，娓娓道来与祖师庙一起成长的童年。感动与使命，有生命的解说，令人动容。

对很多人而言，这些也许微不足道，对我，这些碰触不到却隐隐存在的感动，是让我继续来回奔波却仍甘之如饴的动力所在吧！

一月才从台北回到加州。受到湘玲的信的"勾引"，无法抗拒。我有现实的考虑与挣扎，需要摆平老公的抗议，心里可是摆明着："岂有不去之理？"

学生时代走的是一条笔直的路，当时的社会不期待太多的判断与选择——至少我是这么长大的。毕业后来到一个极度开放的社会，让我极度不适应。然后我开始学习面对问题，下判断，作决定，并对自己的决定负责，包括背负责任的痛苦。而今，刚过五十岁生日，生命在眼前开展，生活不断更新，我选择自己想要跨越的，接受各种可能，不预约也不期待，我很满足。

到潭南也是这样的心路历程。除了大老一些，不觉得与大家有什么不同，都有一点那么无可救药的浪漫与理想，但也关怀现实；希望生活有节奏秩序，但也不介意偶尔有点麻烦、不方便的挑战；喜欢有点个性，但却不会让你在门口徘徊犹豫的那种人；也都中意一双虽然旧了、但结实牢靠穿起来舒舒服服的鞋。不是吗？

和大家的相遇是生命中甜美的飨宴。在重新认识台湾的过程中，企图寻找自己的定位。这个小岛逐渐成为我生命与情感的依归，因为有这么多这么多可爱的人，让我充满了乐观的期待。

九份画家蒋瑞坑说："九份，一世人都画不完啦！"

我要说："台湾，一世人都玩不厌啦！"

"Person with big dreams is more powerful than one with all the facts.（跟只怀抱现实的人相比，拥有梦想的人更为强大。）"

我们都有梦！

因为有梦我们相聚！

这个周末我们没有论坛。这个周末，许多绷紧神经、想着"志工应

尽的责任与义务"的朋友们也放松心情，找回在劳动之后满足的神清气爽。不必过度投入，让我们有了精神去找Tiang聊聊天，让我们有余力在3月笼罩在一片薄雾中的潭南恣情快步走路。

3月23日星期日，湘玫与博文从台南艺术学院搬来剪接用的设备，在司阿姨家的"基地"熬夜苦工，把一百多卷的片子从头到尾来回读取，构思故事与画面。三个星期以来，志工朋友翘首以待的影片纪录正在赶工、赶工、赶工中……

Tiang带着我们一群人浩浩荡荡，蜿蜒上山循着他的记忆与梦想而行。

"这里是从旧部落搬过来后第一个停留的地方"、"我们以前在这里种过小米跟地瓜"、"这里的地全荒废了，我们还是可以来这里开一块地种东西"……

就在Tiang说"泥石流很烦恼"的土堆前，我们看向人生缤纷的潭南小村，朝着我们认出来的活动中心，朝向坐落于活动中心旁司阿姨的家，大声地喊着我们认识的名字……

第四周 》

2003.03.24-03.30

为什么上山？ ↘

在房子墙体建造与夯实的工作结束后，在潭南3月时晴时雨时暖时冷的天气中，3月24日星期一，在持续不歇的大雨中，也在久久不散的的雾气里，我们爬上屋顶，开始隔热的工作。

这栋黏土木架屋，不仅墙体由黏土木屑夯实而成，就是屋顶也在铁皮波浪板的下面塞着厚厚一层轻黏土的隔层。所以我们说，我们盖的是一栋结结实实，用黏土与木屑"包起来"的木头房子。

为什么要用黏土与木屑把房子给包起来呢？这是我上山的原因。

因为，我想跟大家分享动手劳动的成就与幸福，我想呼朋唤友一起"重温"那段从来没有经历过的、传统的"亲朋好友哗一哗"就可以盖起房子的过程，而且，我想要盖一栋节能的房子。从这栋房子的建造，我们要知道房子有其他的盖法、反核有其他的做法、人生还有其他至少

雅婷、阿布、淑惠、平次、孟真、叶晔、兰芳……还有好多知名与不知名的朋友，在2003年3月一起上山，为梦想盖房子。

九十九种的过法。同时，在生命可能遭逢的低沉与弱势中，我们能有朋友当靠山。

在我们三个星期以来的协力工作与共同生活中，多数时间我们把山下的生活暂时抛到脑后，活在潭南小村盖房子的当下。我们的生命因为什么感动？我们愿意为什么付出？我们期待什么样的未来？为什么上山来盖房子？

或许是因为我一直以来不能把事情视为理所当然的，所以即使是在火热与贴近想法的接触中，仍十分清楚地意识到人与人之间不应该跨越的界线。所以，一些可能牵涉非常个人隐私的好奇，一直隐藏在我心里，迟迟不敢提问。因为就算是已经相处三个星期的志工朋友，我们也只认识了三星期。应该多严肃地面对别人的人生？准备好分享别人的故事了吗？

可是，究竟是什么样的原因，让大家愿意放下工作、捐出时间，来到潭南做工？山下，在日常生活轨道中，不是还有"更重要"的事情吗？不是还有许多的压力待解吗？

3月24日晚上，大雨倾盆，我们聚在文物馆里。在尊重彼此界线的前提下，我说出了自己对大家的好奇与感动：

"为什么上山？"

我终于问出藏在心里好久好久的感动。在有些激动的哽咽中，叶晔用他的一贯的笑语解救了我的尴尬。他说："因为我们的城市实在太丑了嘛！"

这个回答带起大家的笑声。这个回答，的确在"标准答案"之外。这个美学的问题，怎么我们都没有想到？这要从"叶晔是谁"说起。2003年1月17日，我收到叶晔直接坦率不容有二话的email。

[主旨] 我要参加
[时间] 2003.01.17 07:34

湘玲:

你好, 我叫叶晔, 现在四十三岁, 正值壮年, 纽约市立大学人类学系肄业, 在欢喜扮戏团担任制作人。

我想要参加你们盖房子活动。自己盖房子给自己住一直是我的梦想, 而且想象中就是用泥砖造的房子。以前为了出国, 也曾在建筑工地打工, 享受那种劳力带来的成就感。可是第一周我要去菲律宾, 无法全程参与, 太可惜了! 不管, 我一定要去。草屯灾区我也曾待过八个月, 我3月8号回来, 请告诉我地址电话以及需要带的物资。

我一定来。

叶晔

讲好 "一定来" 的叶晔, 就一定会来。他不仅从第二周开始参与盖房子, 更在2月28日, 在我们下飞机出关走进家门的第一眼, 就看见了他。我们之前不认识, 也没有见过面, 可是我们却知道, 那就是叶晔。

还没有完全走出闸门, 穿过围出走道的铁栏杆, 叶晔递给我一罐梨膏。他说: "这对咳嗽、支气管发炎, 非常有效。" 就这份关心的情意, 就非常有效了。

在叶晔参与三星期工期中的前两星期, 他没有一次留在山上过周末, 也没有一次跟着大伙到哪里去玩。总是星期天的晚上很晚到达潭南, 不停歇地劳动五天, 在活动中心聊天、推拿针灸, 还有配水嚼下五十粒仙丹妙药。一到星期五下了工、吃了饭以后, 他便急急驱车赶回台北。因为, 在台北剧团的排练早已进行, 就在3月结束之后的4月初, 欢喜扮戏团就即将在澳洲演出。

我知道自己有些焦躁，因为我找不出足以说服自己"回报"这份心意的可能。不仅是对叶晔，也是对好多好多的志工。四月从澳洲回来的叶晔跟我说：

"每次出国回来总是会忧郁一阵子，因为台湾太丑了！大部分人都会觉得缺乏美感有什么大不了，又不能当饭吃。可是如果美感是一种人性的需求，那台湾的都市真是没有人性！

我们在布里斯班演出'千姿百态画旦角'，以歌仔戏的形式演出，但是内容却是非常革命性的。仍然依循欢喜惯例——口述历史的精神，演的是一位六十几岁的女性（谢月霞）在台上演了五十年小生的心路历程。她演了这么多年的小生，不但台上演男人，下了台也被戏迷当做男人对待（那个男人是由女人投射创造出来的理想男人），她也可以很风骚地和乐师打情骂俏。从她身上我们体会到每个人都有阴和阳、男和女、理性与感性。当然我们大受好评，朱莉娅——世界小剧场泰斗的欧丁剧场演员说，她看过世界最好的京剧演员，也同他们工作过，他们的技巧无懈可击，但是内心受到的震动却不如我们的戏。因此我们受邀明年一月要去丹麦欧丁剧场演出。这一切当然要归功于导演彭雅玲，我太太，她独具慧眼在贫瘠的土壤中种出奇异的花朵。"

我惊叹于这"奇异的花朵"。

在山上，叶晔跟我们讲欢喜扮戏团是一个口述历史剧团，"是以演员的生命故事来亲身说法，以族群来说有本省、外省及客家三大族群，因此演员大多是年长者，年纪最大的已经八十六岁，也有小演员演阿公阿妈的童年，最小的一岁八个月就来了"。他们用自己的生命演出自己，叶晔与雅玲也用自己的生命参与到这么多人的生命里。在这过程中，我知道，在深深深深的感动之外，还有深深的恐惧。因为在参与别人生命的过程中，要投入多么可观的感情、多么深刻的智慧，还要负担多么大的责任啊！

我们的房子

叶晔

每次出国回到台湾就觉得很痛苦，觉得台湾真丑。生活在毫无美感的水泥丛林里，真令人痛苦。法国阳光剧场导演阿瑞安莫虚金来到台北，坐在来来饭店的咖啡厅里毫不客气地问台湾剧场界："在这么丑的都市从事创作，艺术工作者的美感从何而来？"他的问题让在场每个人的脸上都挂不住。

我梦想着有一天可以自己亲手盖房子，完全不要用水泥和瓷砖。那么，我到底应该用什么材料来盖房子呢？想来想去，觉得用传统的黏土和木材，应该是最廉价、最可以动手实践、最节约能源、最具自然亲和力的材料。这个梦当然不可能在寸土寸金的台北大都会实现，而我也没有这样的技术，所以，我把这个梦存起来，希望有一天可以圆梦。

2003年1月，当我在网络看到以黏土和木材协力造屋的计划时，不禁大叫："这正是我梦寐以求的！"

当我到潭南村报到的时候，看到男女老少为数不少的志工，其中也有和我一样，因为怀有相同的不满，觉得用行动来实践自己梦想的时候到了。可是，在这些来自台湾各地的志工中，壮丁却不太多，绝大部分是老弱妇孺。我不禁有点怀疑，要用一个月的时间纯手工盖好一栋房子，真有那么容易吗？这些人大部分看起来都像"劳心不劳力"的白领，行吗？

　　很快地，这些伙伴以行动证明了他们真行！德国志工的技术带领、仁正和湘玲的组织，再加上一股高昂的工作热诚，使得每个人都很快上手。整天的劳动也很快地打破了彼此间陌生的疆界，一边工作一边玩笑着，这种气氛是一般建筑工地看不到的。很快地，一片荒芜之地逐渐长出一栋房子，到第四周进行屋顶隔热、接近完工时，大伙更是铆起来干。赤裸的人力与黏滞沉重的黏土、木屑搏斗的速度，居然可以与大型搅拌机相比，让迪特里希开了眼界，直呼 incredible（不可思议）！

　　体验过潭南的协力造屋，我觉得已经完成梦想的房子。虽然那不是我的房子，可是我们一起为它流汗过。也许我再也不会回去潭南村看那房子，可是她永远留在我的记忆里，永远是我们的房子。不管在哪里碰到一同盖房子的伙伴，我们都有一种莫名的熟悉，因为我们曾经一起为梦想流汗。

Unglaublich——不可思议——
Incredible ↘

打从第四个星期一开始，潭南斜斜的坡上就到处是来来往往快步行走、外加小跑步的"泥人"，潭南清新的空气已经充满赶工的味道。

3月24日到28日，五个工作天，我们要在屋顶沿着木结构的下缘钉上模板；我们要开着卡车去挖黏土；我们要筛黏土搅和更大量的木屑；我们要爬上屋顶接着一桶一桶传递上来的轻黏土；我们要把轻黏土铺满整整两面屋顶的面积乘以三十厘米的体积，造成屋顶隔热层；等隔热层完成之后，我们要在屋顶木结构上垂直钉上木材脚料，好在铁皮波浪板与黏土层间留下八厘米的空气层；我们要在屋顶的黏土层上抹上一层泥浆，好避免泥层的疏漏，影响隔热的效果；我们要将波浪板架上屋顶，取好水平垂直的角度，固定；我们得清扫工地，将剩余的沙土回归自然。然后，我们才能够在四个工作周的时间内，完成粗坯屋的建造，在3月29日庆祝完工。

这是在五天中必须完成的工作。屋顶的面积不会扣掉镶嵌在墙体中窗户的面积，屋顶多大，就要铺满这么大的黏土木屑层，就要搅和这么多的轻黏土。于是，在第三个星期结束的周末，仁正就仔仔细细地计算工作量、工作人数，还要送多少木屑上山，还要挖多少黏土……

然而，在3月24日——第四个星期的一开工，就下起了倾盆大雨。大雨中，挖土队仍然开着临时跟Blam借调来的四轮传动车出发。大雨中，我们仍在窄小的阁楼缝隙中躺卧着钉制屋顶的模板。在下午雨停氤氲的朦胧中，在隔天25日天公作美的盛阳下，两天的时间，我们完成两大片屋顶的黏土层。

加油！加油！这些平常劳心不劳力的朋友们，想必也都欢喜于"努力了，就看得见收获"的成就感。

辛勤劳动并不停数算人数的迪特里希，在屋顶黏土层的建造过程中，也在建造完成后，口中不断念着英文"incredible, incredible"，他说给所有眼神接触的志工听，不仅是赞叹，也是事实。看到我，他也念着"incredible, incredible"。突然想到我说德文，于是，他在一长串"unglaublich, unglaublich"之后，跟我诉说他在潭南不可思议的经历。

在第四个工作周中，我们有一个口中不停重复"incredible"与"unglaublich"的迪特里希。"不可思议"，是我们第四个工作周的工程进度。

然而，不可思议的不仅是工程的进度，还在于这些令人赞叹的成果是由叶晔眼中的"老弱妇孺"以及绝大部分"劳心不劳力"的白领所完成的。是啊！我们的确没有很多壮丁，可是我们却不缺壮丁，因为我们有老弱妇孺。

在第四个工作周，兰芳终于把头从堆砌博士论文的书桌前给抬了起来。冒着被指导教授叨念与数落的风险，也担着即将缴交论文进行口试的压力，一路转着车，从台北来到潭南。她的来到，是预期，也是惊奇。毕竟，这样大的工作与压力，绝对不是说抛就抛得下的，更何况，她已经处在论文进行的最后，也是最紧急的阶段。不过，在2003年2月16日写给我的email中，她就说了："我的论文写得还算顺利，或许是因为有盖房子的旗杆在前头。"不可思议的事情，也发生在这里。

于是，兰芳——她不老、不小，她是女人，而且不弱，她是在我们不可思议的工程进度中不可思议的一员——带着"一期一会"的惜缘与洒脱，走出了书房。

一期一会

林兰芳

2003年年初，书房斗室电脑中的信箱收到湘玲传讯，好像天外飞来的消息，心中伏潜已久的朦胧愿望被触动。哇！3月，整整一个月可以到山里去盖房子！如果能赶快将论文写完就可以上山一个月！

远从大三参加暑期山服队离开南投仁爱乡的静观部落之后，十几年间，只偶尔到部落探望高大哥——一个猎人农夫。冬天打猎的高大哥，也种梨、种香菇、种高山高丽菜。在台北学校旁租来的小屋中，曾好几年有高大哥送来山上的李子、桃子，新鲜的滋味，总留在记忆的心田。好多年了，没再到山上，在城市中生活，身上少了山野的味道，只剩一副被城市驯服的身躯。

"兰芳，怎么不上山来看看高大哥？"

是啊，为什么不？是什么事绊住了脚步？尘事让我远离了山，常想，自己或许没那么爱山，才会如此疏远它。但是湘玲的email承载着山的呼唤，也带着盖一间会呼吸屋子的吸引力。当下，论文的撰写进度变成次要，只怀想着上山。

曾看过报导，居住海湄的男子、女子，捡拾海边石头、贝壳，盖起自己心目中理想的屋子；曾看过书，书中一对夫妻以多年的岁月，共同设计，就地取材地以木材和石头盖起自己的房子。自己盖房子的意义在于落实自己所选择的、所喜欢的生活方式。虽然上山不是盖自己的屋子，但是到山上就地取材，以木构盖一幢会呼吸的屋子，这是多大的诱惑！既受了诱惑，就下海了。不！就上山了。

因为潭南造屋不会等我，而我离毕业的时间虽然紧迫，但上山一周总还可以吧！两相权衡，选择了不想后悔，于是从论文进度的压力下暂时解放，打包好行囊。行囊中除了早晚课所需的佛经，顺手放了一本《蒙田随笔》。

按着email中传来的路径，我从台北到南投到水里，晚上时分已无到潭南的公交车，从水里包了出租车到潭南，这个最短距离的车资，比我从台北到南投的车资还昂贵。无妨。上到潭南，碰到阿two（平次）及其妻与子，带我认识环境的是淑惠母子。观看着夜幕笼罩下的潭南，心中有一丝陌生和兴奋。

陌生来自于不知道自己来到潭南能做什么。虽然生长于农村的我尚能区分五谷，但四体不勤已久矣。过去那个下田姑娘的身手能够回来吗？对盖屋当然毫无概念，自己真的可以吗？种种惴想流荡。兴奋的是，可以参与，动手动脚盖房子，也知道会靠近一群志趣相近的人。

在山上一周，五个工作天，已是一个月盖屋的最后一周。屋子的木构造已建成，我无法学到木工的部分。但是看到从无到有建起一个具体的屋架，心中感叹："哇！心想事成。"第一天早餐后，由大家登记工作项目，工头协调新、旧人力派工。我从环境清洁开始学习，从沿路捡拾垃圾和潭南村的小区互动开始；继之，学会和厨房配合，了解处理厨余的做法。直接和盖屋相关的就是拌土、将拌有木屑的泥土混入屋顶，事无巨细，都得协力合作完成。

在自愿性的团体里工作，可以看到一种自然的协调，人与人之间同心合力的美妙。

盖屋接近完工前，收工后往溪边高台漫步而去。附近部落的人聚在高台上，看着屋子的雏形说，过去部落的屋子也是这么盖的。一栋屋子，或许会唤醒部落子民旧有的筑屋技艺，这粒种子会继续萌芽吗？

离开潭南的当天中午，午餐前恰好碰上潭南幼儿园小朋友午间玩耍。我童心大起，和他们玩起两人三手的游戏。就是两人双手交互勾搭形成一个方形，第三个小朋友坐上方形框，如同坐轿子一般。只要三个人一组，就自然形成一个游戏团体。

实在太好玩了，小朋友争先恐后地说："我也要，我也要。"我一个人没办法应付，所以将他们分成三个人一组，先教会一些学得快的小朋友搭起双手轿，于是他们一个教一个，很快大家就都会玩了，我便安心地去吃午饭。这个三人玩的游戏，我不知道他们会玩多久。但只要当下他们玩得高兴，应该就会记得，日后也能把玩法教给别人。盖屋子，盖会呼吸的屋子，大概也如此好玩，让人以童稚好奇之心，学习在生活中选择新的可能。

就在收拾行李打道回府前，《蒙田随笔》露了出来，淑惠一看说："我也在看这本书。"简短的交换意见，聊了一聊，原来我喜欢的《农庄生活》里的聂耳宁和海伦夫妻也是她注目的对象。下山的时间近了，离开潭前的想法是，难道志趣相近的人，连阅读的书籍都相近吗？

下山了，抱持"一期一会"的想法，即日本人所说的，大家相见时彼此珍惜，人生或许只有此时此地相会，分离后恐怕也难再相逢的说法。2003年9月间有机会重回潭南，因为私事没能上山，自己也了解，逸出生活常轨的能力日渐薄弱，终究连心也被驯化了吧？一段记忆，一份自问的疑惑，就这样跟着我在城市中生活。

演讲比赛 ↘

　　在潭南缤纷的3月天，在大家打造劳动的不可思议时，其实暗暗流动着一股焦躁的气息。这样的气息来自于理想与生计的纷争，来自于人与人之间不可能完全的交融，也来自于我关注当下的实践、不轻言矢志未来的谨慎。四五十位成年、外来、胸有定见的志工聚集在潭南小村，所有可以想象的都可能发生。在这里面，我该多谨慎小心，才能避免因为无意所造成的情感伤害？又该如何回应，才能躲开不切实际的众口纷纭？

　　因为大家玩得高兴，也因为有些小小成就自我的满意，所以朋友"下一步"的询问，还有一再催促我该给的答案，几乎成为我在潭南最大的压力。我喜欢被肯定的感觉，就像是兰芳教小朋友玩两人三手游戏，因为简单，所以快乐得近乎单纯。

　　有朋友问起"下一次"，全然因为大家再聚的期望，想一再重温动手盖起房子的成就满足，或者就是喜欢好好做完一件事情的感觉。可是也有朋友问起"下一次"，是因为"开始了，就不该喊停"的过度投入。过度投入，投入别人"应该怎么生活"的决定，强调"好事"得一再地被贯彻。

　　如果这样单纯的快乐被理念包装成义务，那么大家的参与就失去游戏应有的兴高采烈，成为一种将自我意愿投射在别人身上、渴求因为"助人"而获得的快感。这样一来，"下一步"就不会来自于大家边喝咖啡或香片边聊天时灵光乍现的创造力；也就不会将生命当成一段长途旅程，随处遇见可欣赏的风景与可感动的人事。

　　活动将近尾声，房子即将完成，正当大家还忙着赶工的时候，"留在潭南"——这个关于"下一步"贯彻理念的意志，虽然仅是小小的声音，却因为一两位过度投入者不停的诉说，让在即将完工的欢乐气氛中，藏匿着避之唯恐不及的无奈。

留在潭南。谁留在潭南？谁需要谁留在潭南？留在潭南做什么？谁需要谁做什么？

因为偶然，所以我们来到潭南。在事情进行之先，我们没有办法跟村民好好沟通，取得同意。在事情进行之中，不仅我们的进出已经给村民造成不便，而且还可能因为资源大量涌入影响村民彼此感情而为这个灾后村落投下未知的变量。如果在事情之后，还要因为意志的贯彻而决议"留下帮忙"，那恐怕只为彰显自己的伟大与他人的渺小。那么，一个月以来我们彼此互相提醒，上山来盖房子，为的是成就自己，而不是帮助他人的尊重态度，似乎就成了笑话一桩。

谷长老说："对！谁想到潭南来做什么，一定要先问我们。"当然啰！谷长老还会回家好好梦一梦，看看祖先怎么说。

祖先说了，谷长老了解了，他会再翻译给我们听。因为他跟布农祖先讲的是同一种语言，所以，谷长老翻译的话，就是谷长老说的话。可是在这场聚会里，充斥这么多种不同的语言。谁说的话得被翻译成什么样的语言？谁的语言应该被听到？谁来翻译谁的语言？这些问题的核心其实就是——应该尊重谁的意愿？

在潭南这个小小的布农村落，在资源分配纷乱导致人情不再如前的现在，找回自己原本的样子，知道自己从哪里来，该走到哪里去，是Tiang、谷长老、Blam与好多人的梦。如果我们可以一起做些什么，必定得要耐心倾听，因为我们说不同的语言，有不同的思考与行为模式。如果我们不会说布农语，就应该更要尊重他们未必流利的汉语。口齿伶俐与反应敏捷只能用来参加演讲比赛，不能当翻译。

3月25日，在演讲比赛愈演愈烈的聒聒声中，我还是把心思放在3月29日大家在完工典礼的重聚上吧！

亲爱的朋友，

你收到这封email，因为我们曾经一起凿木做榫，一起和土成泥……

在一连串忙碌于克服种种关卡的过程中，我们的工地日记其实早已经在所有工作伙伴的心中开写。日记上网的速度虽然不能尽如人意，但是就像盖房子一样，我们需要一点一滴地持续进行。

在网中，不仅希望带着大家"重回工地"，也希望能勾忆起你在烈日下的挥汗，以及3月潭南，每每从半夜就开始的倾盆大雨。还有，在深夜大雨中撑伞走向厕所的急切盼望。

"下一步该怎么走？"

这个从第一个星期就不断被提起的问题，相信你一定不陌生。

"我们是不是还可以一起盖房子？"

"在盖房子的过程中，我们完成了什么？是不是我们还可以一起再完成些什么？"

亲爱的朋友，我们需要大家共同的想象，共同的讨论。所以，请你抽空在3月29日再次回到工地。让我们共聚在大伙一起手工打造的粗坯屋里，继续发酵我们的梦想。3月29日星期六，中午11:00，在我们大家的房子，是我们再度相聚的地方。期望你的到来。

当天，大约15:00左右，潭南村的朋友就会端出烤山猪与大家共享。在文物馆前，大家围起圈圈，舂杵糯米。跟盖房子一样，潭南村的好朋友将与我们一起，"纯手工"打造麻糬。

当然我们也得想一想，怎么样才能报答布农朋友天籁般的歌声（谷长老昨天才跟我们说，在卡社并不唱八部合音），潭南美女们的曼妙舞姿，还有小朋友超大肺活量的纯真歌声。

当然，我们还有一场专门为大伙举办的"拍卖"之夜。

还记得我们工作第一天搭架起工作台的"木马"吗？还记得跟凿刀

最相配的木框吗？还有用来测试榫头大小、木钉粗细的"理想型"。这些，不仅构造起我们的工作进度，也刻画出我们共同的回忆。将工具交给我们的伙伴，是记忆的开始，也是希望的延展。

从第一天开始，我们不仅开垦荒地、拉平地基，将木料刻画成大木结构，将屋梁架起，填实屋墙与屋顶。同时，靠着大家的协力，我们的吃喝拉撒也都有了归宿，尽管得时时注意厕所是不是通畅顺利、浴室瓦斯会不会随时用尽待补。当然啰！还有谷长老、白长老、Tiang与村长为我们时时带来的关怀与帮助。这些，是纪录小组加紧赶工为大家在3月29日晚会呈现"032003潭南协力造屋"的"工地日记"。

"有没有爆笑版？"

"喔！这我不知道。得请你亲自来瞧瞧啰！"

3月30日星期日，在工地最辛勤工作的迪特里希，将在长老教会主持礼拜。礼拜之后，在我们完成的粗坯屋前，谷长老与潭南村的朋友，将与我们一起，为这栋大家一起动手打造的房子，也为我们寻找一个家的过程，祈福……

你也知道，在这一个月期间，我们带来的不只是一栋兴建中的房子。我们的进进出出，还有因为我们进进出出所带来的热闹与叨扰，多多少少都影响了潭南朋友正常的生活。所以，在期盼大家再度来到潭南，再度回到工地的同时，也希望大家能"慢慢离开"。跟潭南的朋友叙叙之后，再离开！

喔！三句不离本行——我们的庶务每天还是要有人做的。我们也需要大家回来帮忙喔！所以，我们3月29日见！

湘玲

在寄出这封邀请大家回到潭南共聚的信后，关于"下一步"，或者"谁的下一步"的问题，其实就存在于所有朋友日常生活中种种实践的可能。非得如何的意志与理念，真的就只能是一个演讲比赛的题目罢了。不过，要在想法如此交错的活动中把许多无谓纷扰的压力抛开，不是件容易的事情。"那一位在志工印象中总是穿着一双宪兵用全皮战斗高简靴、戴着帽檐压尖白色帽子、状似冷酷、脸臭臭的摄影师"——博文，在整个3月给了我许多来自"过去志工经验"的提醒。其中，"演讲比赛"就是他发明用来化解遭遇许多过度投入者的无奈。在3月潭南之后，博文面对自己"充满热忱、不计较付出"的过去，以摄影机"第三只眼"的角度，对协力造屋提出中肯的评价。然而，最重要的其实还是从自己的"烈士"经验中，期待"勇士复出"。

[志工回想]

勇士复出

陈博文

　　好多年前，曾经在新竹从事一个闲置空间再利用的工作。希望藉由闲置老旧眷村的活化，来推动民众参与社团与文艺活动。

　　那时候，充满热忱、不计较付出的我，白天是科学园区的工程师，晚上摇身一变，成为该团体音乐性社团负责人。在没有任何报酬、无论刮风下雨、持续一年多几乎天天晚上报到的日子里，我最多曾经一口气负责起三个社团的运作。那样的狂热以及无可救药的理想性格，现在想起来不禁莞尔。但是大多时候，人总是在做一件喜欢的事情时，必须也要进行另外九件不喜欢的。在资源极度匮乏的团体中，柴米油盐酱醋茶、开会、决议、策划、宣传、印制传单、打扫、摆器材桌椅、订便当、协调，样样都得打点与张罗。然而，这一切的辛苦都在充满理想的激情下释怀，并且甘之如饴。

在那一个由充满高度坚持力的志工所组成的团体中，谈到理念方向大家都相谈甚欢，可是一旦落实在实践的"方法"上，热忱、坚持、信仰、理念、理论、纯粹，常常会成为顽固、偏见、责难、猜忌、误解、不信任。即便那是一个劳心劳力、以知识分子为主、无利可图并且不时强调伙伴沟通、以人为主的团体，终究，我不知道是"被挤出"，还是"退出"了。

所以现在我只要见到那种是"很用力"、逢人就"传道"、善于参加"演讲比赛"的志工，就好像是见到一个刚刚加入直销团体、在出发前会在办公室里充满斗志地呼口号的业务员。我感到莫名的恐惧，想要躲避，想要变得不亲切、不在乎、不热情。然后，找一张大大的玻璃挡在我的面前，保持距离观看。

在3月潭南，我是摄影师。必须在面对现场的时候，具备一种专注的状态，用冷静的观察进行对象的拍摄，以及完成在该议题中"作者眼中的真实"。这样的角色再适合我不过了，好像一只黏在墙壁上的苍蝇——"存在，也不存在"。当然我也有我眼中032003的真实，尤其是在做了那么多天的"墙壁上的苍蝇"以后。

印象中的志工实践比较属于轮班的、闲暇的，利用空闲的时间，在认同的团体或是信念下，尽一己之力。相对的，032003长达一个月的实践时间是较为完整连续的，加上参与的志工们需要用极克难的方式"住"在山上。相较于医院、文艺活动展场、慈善团体的志工，这样的

参与除了需要贡献自己的热情与支持的信念外，还需要很多"起而行"的动力。所以，间接的就会决定志工的类型。

印象中一般的志工实践比较可以直接明显地量化，例如做了多少事情、捐了多少钱、花了多少时间、成立多少服务据点、多少人因此受惠、多少建设等。相对的，032003的理念的贯彻似乎比起量化的成就要高得多。像环保的观念是从居住大环境的低耗能出发，不但做到消极的资源分类，更积极地从建材、工法、劳动中实践。这样的影响不只是"为部落盖房子"般的简单，不只是收到多少捐款、经手多少经费与人力小时的计算。这样的实践方式，在高度分工的现代社会中，在我们几乎都遗忘人与环境、人与材料、人与房子之间关系的状态下，无疑是一种挑衅。

如果说032003是为了寻找一个梦想，其实是有些夸张。但这至少是一种实践的可能，才会让那么多人欢喜地参与，才会让汗水拥有庆典般的喜悦。我永远不会忘记那些来自四面八方的志工们，他们穿着雨鞋、戴着工作手套，在肢体劳动与木材、木屑、泥土、铲子、锄头、自然与人的互动中，脸上绽放出无比踏实的笑容。这种踏实，让人忘记汽车熙来攘往的都市喧闹，忘记快速的、数字的与政治喧嚣的现代社会，甚至忘记即使是文艺活动也会发生利益冲突的黑暗。

用一辆脚踏车来载冰箱，实在是勉强。但是用一艘航空母舰来载冰箱，也实在可惜。任何事情都有相对合理的负载力。我不想扩大032003议题的负载能力，至少它扯不上国家兴亡。但是，这是一个可以好好思考、沉淀、放下身段、摒除立场、好好讨论、可以摸着良心去想的议题。用来思考那些我们与周遭的人、事、物间被遗忘的与被省略的关系。

在这次动员高度复杂也让人疲惫不堪的实践过后，湘玲要整理关于032003的种种。对于她有这样的勇气，我无疑是带点讶异与钦佩的。而我也因此得以回顾与检视那些经由032003所带来的正面动力与负面阻力，并且期待做好再出发的准备，意图将自己从"烈士"的名单中拯救出来。不管结论如何，期待有更多"勇士"的复出。

终于换季了 ↘

　　3月28日星期五，将工地剩余的木料抬上载货的小卡，将堆积在门口的小沙土堆铲清，收拾好工具，一趟趟用独轮车推上斜坡的文物馆……天逐渐暗了，我们粗坯屋的工程结束了。

　　那天，文物馆前的灯是暗的，气氛有些低沉，可是没有人说什么。看不清菜色，但嗅得出离情。在29日庆祝会来到之前，趁着夜色的昏暗，也趁着早晨的薄雾，许多朋友选择在还有勇气的时刻离开。

　　然而，要结束一项工程，不是件容易的事情。

2003年3月28日星期五，天已经暗下来的傍晚六点多，与迪特里希·博德尔施文格牧师（右二）、斯特芬（右三）等德国工匠朋友确定：为期三周的黏土木架造屋工作到此结束。牧师说："从来没有见过这么多充满热情的朋友。"是的，这是最值得记忆与感激的，因为我们一起盖起"友善的房子"。

工具得一件一件地清点清楚，借来的得归还，有账务的也得对上资料。厨房得打扫刷洗重新就定位，才能还给地主老夫妇。厨具得一个锅一个锅地刷洗，炉灶瓦斯得一样一样地拆下来，功德主们捐的物资我们也得一一分送给潭南的朋友。在即将离开的3月29日，我们留在山上的朋友，还有从山下赶上来的朋友，就这样紧紧张张、高效率地忙碌着。因为，在中午时分就将有立法委员、"重要人士"与十个部落应事务所之邀来到潭南。然而，就在今天，潭南几乎半个村子的朋友南下屏东喝喜酒。不过，谷长老在家，村长在家，潭南小学爱唱歌的小朋友在家，而且Tiang说，一定设法在晚上九点以前赶回来。

　　就是在与潭南朋友讨论3月29日聚会的过程中，在得知他们在家与不在家的放心与失落中，我知道我们成为朋友。我们成为朋友，不必因为我们在部落盖房子，不必因为我们可能带来什么资源；我们成为朋友，就因为我们见着面了很高兴，就因为我们有一样的快乐与忧伤。在即将离开的3月29日晚上，当晚会人潮逐渐散去，当我们一群人跑到Tiang家再看一次纪录活动的片子，我们知道，下次我们上到潭南来，不会是为了盖房子，而是为了看老朋友。

　　那夜，许多朋友裹着睡袋，躺在文物馆前的火堆旁聊了个通宵。许多朋友仍"沿袭"做工的好习惯，十点半熄灯睡在活动中心的地板上。在冷冷的夜里，我跟就读台大城乡所的小超聊协力造屋聊到好晚。聊着聊着，佳静"一如往昔"，穿着睡衣披着外套拿着毛巾牙刷，在潭南最后的一夜，慢慢慢慢走到幼儿园的水槽旁。佳静原本念的是企管，必须走过迂回，才可能完成她建筑的大梦。在她参与最后两周的工期中，我总爱看她静好健康的笑容，仿佛再大的烦恼都可以在其中溶解。而她穿的一套两件睡衣，也是我在潭南一个月中所仅见的。问她怎么穿这么漂亮的睡衣，她说"在家就是这样穿的嘛"！这小女子，把潭南工地视为在家，也在工地找到在家的快意。从她身上，我看见"苗钻出土了"！

不只是 盖房子

苗钻出土了

吴佳静

来到潭南，远离都市，远离电视、电脑、报纸、美伊战争、SARS，过着近乎与世隔绝的生活。我放空自己，不去劳心地想什么，而是尽情付出劳力。身体的肌肉，大概从没这么密集地使用过。身体虽疲惫，但是气色红润，因此每天期待吃饭，同时也不必太节制或担心变胖，就是大口大口吃饭。生平第一次在山中待这么长的时间，过得怡然自得，令我有些讶异。因为，我一个彻彻底底的都市人，从小到大对"土地"的印象都很模糊，对于自然景色没有太大感动，竟然可以在这样的环境中过得自由自在，或许那正是一种天性。毕竟，人是一种属于自然的动物，如果不去尝试，都不知道自己的潜力呢！

来到山上，认识了形形色色的人。常想逃离太多生人的场合，也曾经怀疑自己患有社交恐惧症的我，不知为什么，在这里感受到愉快的人际关系。或许因为上工，讲不讲话都无所谓，友情就自然而然地生出来了。我来到了一个短暂的乌托邦——愈付出，愈快乐。在此时空下，我前所未有的善良。

轮完厨房工作那天，我累瘫了。从早到晚，忙切菜、洗菜、洗碗盘。但这是本次协力造屋很重要的一部分，就这样，刚到两天的新进者，对整个团体建立起强烈的归属感，每一个人都变得与我相关。这样的感觉让我不禁联想到家事，尽管理性上认知到自己是家里的一分子，分担家务是应该的，但每当心神专注在书本、电脑或电视时，母亲的召唤就变得"很烦"。下山回家后，从心中根本体会到"动手做"的价值，否则由课堂的启发，立志要做个营造"去异化"空间社会的专业者，是极其讽刺的。

本来我是念企管的，转进空间的领域，可谓剧变。做这样的选择，老实说，并没有太大把握。从高中以来就开始思索，到底要什么样的生活方式？该做些什么？能做些什么？这栋小屋，与其衍生经验与之后在书本中得到的应证，坚定了我走这一行的信念。

另外，长久以来，我并不关心原住民，算是逃避，因为问题盘根错节，难分难解。潭南，的确是个很美的地方，使用甘妈妈、司阿姨家的卫厕，天啊！夜不闭户确实存在耶！我去杂货店买衣架，老板娘知道我只要两个，直接进屋拿了送给我。潭南，不只有原始的美，更有最淳朴的人性。潭南，是个好地方。她已经在每一个人心中的角落占了位置，就从这个联结开始，原住民对我不再陌生。

在3月30日，长老教会牧师为小屋举行了祈福仪式，在轮流共饮香槟时，我们"合唱"了一曲庆功的饮酒歌。尽管我们既不会听也不会说布农语，可是在我们唱出主要任务的"吼嘿嘿"时，感受到人与人之间令人喜悦的和谐。

是啊！苗钻出土了！

3月30日清晨六点半，谷长老已经拿起扫帚，在文物馆前打扫清洁。这应该是我们的工作，却让谷长老在一早抢个先，也让我们有了一家人的感觉。

昨天的热闹已经过去，我们、还有潭南小村恢复了原来的平静。达摩帮大家洗好的手套还晒在文物馆前的短墙上。

最后一天，没有开工、没有论坛、没有大锅饭的吆喝，也没有应邀参观的宾客。留在山上慢慢离开的志工们，一早起来，静静地打扫文物馆前的广场。住在集集的善理，赶早骑了一个多小时的摩托车，不仅专程来帮忙清洁打扫，也带来我们的早餐与午餐。

缓缓慢慢的，我感受在潭南这一个月以来第一次的平静。这平静，应该就是这布农小村原本的样貌！而这平静，应该也是我们3月相遇在潭南的朋友们的日常生活吧！

在潭南的最后一天，是个艳阳天。山似乎特别的绿，天也特别的蓝，连槟榔树都变得特别妩媚。我脱下整个月几乎不曾离身的毛衣，换上凉快的背心。全人中学的奕至跟我说："湘玲，你总算换季了。"

是啊！在春光明媚的潭南，在协力造屋的活动终于让许多人满意地落幕，在即将离开的时刻，我从头到尾、从里到外，全都换季了！

第四周

Do It Ourselves——
盖 "友善的房子" ↘

2003年3月，我们一起在潭南劳动造屋，一起盖"友善的房子"。

在环境保护的脉络下，我们所盖的"黏土木架屋"是强调节能与健康居住的建筑方式，也曾经在台湾平民住宅建筑中占有重要的位置。在这个强调"传统技艺新生"的劳动假期中，我们无论男女老少、专业还是非专业，都可以在活动中找到自己的位置，付出心力。这是一个强调社会参与的建筑方式，也是找回信心、成就自己的方式。所以，我们盖的是一栋对环境、也对人 "友善的房子"。

在这一个月的造屋假期中，潭南村的朋友们向外来志工开放家里的浴室厕所，同时还忍耐他们从早到晚的叨扰。村里的大孩子们在工地参与了布农族传统石板短墙的打造，小孩子们则在放学途中为工地带来美好的布农之歌。每到周末，来自各地的朋友参加论坛——师傅岁月与黑手人生、人道支援与节能/建筑，一起关心工地的进度，一起探讨未来发展的可能。在大家暂时把自我放在一边，共同为一件事情努力的当下，我们大家一起来——Do It Ourselves（亲手）——建起一栋有形的房子，也共同建筑起一栋无形的房子。在劳动假期中，透过体力考验，也透过彼此的尊重与互相的支援，志工朋友不仅"成就自我"，也与潭南村民成就彼此。

透过盖友善的、有形的房子，我们实践心中友善的、无形的房子——对人友善、对自己友善、对环境友善、对健康友善、对自然友善……

无形的房子，我们持续建造中。

工头日志 》

贯穿南投县信义乡潭南村的，是一条有着陡陡斜坡的小路。顺着陡坡往下走，路的旁边，可以看见我们的工地。从2003年3月3日星期一到3月28日星期五，我们要在这里盖一栋黏土木架屋。

©图片取自《到天涯的尽头盖房子》

3月1日，是工地开工的日子。事情一点都没有要开始的样子，因为在荒芜的工地上根本找不到可以下铲举行开工典礼的沙堆。好不容易拜托Tiang跟猎人Blam挖来一堆沙，四处抓了一堆铲子。开工了！开工之后呢？现在才要开始伤脑筋，我们可能在排好的四个工作周中完成任务吗？因为，计划中第一步应该"已经完成"的地基还不知道在哪里。是那片仍然砾石遍地、植满玉米的"工地"？

　　事情决定要继续做了。所以，两个原则：一、 工程要加速进行，三周当四周用；二、尽可能完全手工。第一个对我来讲最具风险的决定就是要说服大家一铲一锄地打建地基。在志工朋友的一铲一锄中我的确愈来愈有信心，不过，房子能不能如期完工却仍在未定之天。

　　为了让事情进行得下去，我们不仅得承认自己的局限，也应该有十足的心理准备；不要动不动就用钱解决事情。不然，撒了钱，难道还怕房子不被盖起来吗？但是，我们千里迢迢来到潭南不是为了要证明"有钱能使鬼推磨"的吧？从参与社区环境整理、捡拾垃圾的工具开始，我们决定"动手"进行。

　　朋友杨索来到潭南："在春寒料峭的山区，有这么多人在白天干活之后，晚上还一起睡在冷冷的地板上，这是在台湾从来没有过的事。"不过还是有落跑脱队、自营温暖小窝的人。她们的安全问题成为我们额外的负担。几次潭南问题人物"小飞龙"的闹事，迫使我们必须到警察局报备，都是因此而起。

为不造成社区负担，我们自备餐具、进行
垃圾分类与厨余处理，还有轮值进行社区清洁
工作与厨房活儿。

每天时间一到，就得
大声喊着："开饭啰！"

　　不管事情多繁多杂，"志工不是蚂蚁、不为人所用"是我坚信的原则。

　　每天早上八点是"派工时间"。我与工作于事务所的刘大哥分别跟志工朋友说明今天工地将进行的工事与规划的人数，大家考虑兴趣与体力之后自己"靠边站"。"请大家把自我发挥到最大"是我常说的话，因为我相信大家都知道如何彼此互相配合。

　　为了赶工，地梁式的地基与准地板做一次完成，建筑废料再利用为地基级配。在这里一铲一锄动手挖的地基约为40厘米深。

　　变化超大的三月天，在飒飒雨声中醒来，迎向泡水的工地。在3月6日恰值惊蛰时节，绵绵阴雨中，我们拌起水泥，架上模板、铺上石板。一组人在文物馆前处理木料的同时，另一组人跟着村长、谷长老、猎人Blam蹲在一起，照着石头的公母，排起布农的石板短墙。

　　锯木的锯木、拔钉子的拔钉子，大人小孩一起来，把模板准备到定位。搭起模板、铺设下水管线、垫起钢筋。已经开工第三天了，一直都觉得很抱歉，还是得叫水泥车来灌浆。拉平水泥，等干了之后要记得洒水才能防止龟裂。

　　谁说只有大人在盖房子？阿资与山上的小朋友们，也都在发挥"营建"的本能。大人在玩大积木、小人在玩小积木。

　　好啦！开始木结构的工具课程。"工欲善其事，必先利其器"翻译成白话就是"光说不练不能成事"。都说要做工、做工，工具总要会用吧！锯子、凿子、锤子都有不同的尺寸、持法与施力的方法。

　　为了"制程"标准化，我做了一个标准模型。榫头、榫眼都有一定的尺寸。

　　所有的工作都是用人手完成的。志工们的说笑、孩童们的喧闹，加上专注努力的神情，工作得既有温度又有味道，真好！当然啦！工作的成果还是得通过"标准型"的检测。

　　一点一滴的努力、一敲一槌的坚持，木构墙面就在这样的乐声中逐渐铺成开来。在滂沱大雨中，见着阳光的笑容。看到这样的场面，嗯！好像可以附庸风雅，来感动一下。

因为地震的考量和材料的限制，增加了几根柱子架起中梁，之后再加上屋椽，屋顶与整栋房子的木结构就大致完成。这正是让我百感交集的当下。为了木结构完成之后的上梁仪式，德国工匠逼着我要在最短的时间内把所有志工与村民召来，就为在所谓的"第一时间"听他祈福。天啊！这个朋友似乎在蓝眼珠效应下忘记盖房子是大伙的事情，房子的完成也不会是一个人的成就。同时进行中的五个工地里的志工、各自有生活要操烦的村民，都应该受到应有的尊重。

把凿刻好的木头一根根地扛到工地。在石板层上铺上油毛毡，做好水绝缘，以保护底木梁。注意底木梁不要直接放在油毛毡上，以避开木头腐烂的危险。于是，靠着这一根根的刻凿好的木头，我们架起第一面墙架。

　　又出状况了！2003年3月10日，除了工程进度之外一定要记上一笔："堂堂一村之长竟然在帮我们通厕所。"我们借用的托儿所厕所已经超过负担，抗议罢工！村长太太跟村长说："不先洗澡不准进家门。"谢谢村长。

　　在手工打造房子的过程中，密实的榫接还需要一根根木钉的确实定位。赶工削制中的木钉，固定起蓝天下的梁柱。

　　第二面、第三面、第四面墙架已经架起，一栋房子的雏形已经在榫接中。啊！一个没注意，竟然就把木底梁直接给我放在油毛毡上了！

开始啰！要做黏土墙了。

　　不管是用八根木头加上铁网制成的筛网，还是用手从黏土堆中挑出石块，在细致的工作中，墙体仍可以忍受些石头粗鲁的存在。好了！好戏上场。踩匀了泥浆、撒进了木屑，搅拌搅拌就可以拿来填充二十四厘米厚的墙体。"搅拌搅拌"——说的简单，做起来才知道费力。

　　黏土掺水混成泥浆的浓稠度稍高，但仍保持在可以流动的状态，与木屑的比例以搅拌之后捧起来没有泥浆渗出为原则。

　　在黏土中，德国人一直都习惯掺入硼砂和小苏打。听阿郎说，在村里以前都是加粗盐来增加防虫与快干的功能。

　　在拉出墙面的木架上钉上角料，使墙的厚度由原先梁木的12厘米增加到24厘米，并加钉模板以填入混匀木屑的黏土团。钢丝网模板实在很难用来筑墙，上上下下跑了一遍，才跟村民借调到些传统木制模板来用。

　　墙面的木梁包在黏土木屑混合的墙体中，在黏土干透之后保护木头不易招虫与防湿气。

　　拉出墙架的每一根木梁都要涂抹上泥浆，以保持与黏土墙体的连接。全人中学的朋友正在涂抹木梁，旁边的迪特里希·博德尔施文格牧师正勤奋卖力地铲起泥团填充墙体。可是啊！不管是邀请牧师或是中学生，为的都不是多一个盖房子的人力。人与人必须沟通才能交流经验与智慧。盖房子不只是为了盖房子，工头日记不仅仅是为了诉说工法。

　　在"事情好像上了轨道"的3月16日，许多朋友上山来参加论坛，谈谈"九二一"、谈谈"自助人助"、谈谈怎么盖节能健康的房子。迪特里希·博德尔施文格牧师到来，跟我们谈着他在白俄罗斯帮助车诺比灾民在干净的土地上协力造屋的故事，他其实才是我们最想介绍给大家的、整件事情的核心人物。

　　猎人Blam就住在工地的对面，他跟太太织女阿敏最想盖一栋石板屋。那天，围着一大群的朋友，大家都在问他盖石板屋的奥妙。

　　每个周末，国智都会千里迢迢地从花莲来到潭南，带来后山的粽子抚慰我们的胃。

　　为了要继续愈来愈高的造墙工程，村长带着我们上山现砍一车绿竹子，搭起鹰架。尤其是山墙的部分，要在愈来愈局促的空间中仔仔细细填好每一寸墙体，是工作，也是艺术。

　　3月21日星期五，完成整个墙体的施作。做完最后一个工作、塞完最后一撮土，可以稍微喘口气、放松一下，啊！山墙上的女人。羡慕羡慕。

下工之后，清洗工具与清洗自己一样重要。因为，明天还是要继续，家伙也可以立刻上手！

3月17日，潭南小学的小朋友们拜访工地，唱着天籁般的布农歌曲，也找到"好玩的游戏"。不管铲土、和泥、还是夯土，大伙玩得不亦乐乎。而属于"工程"的墙体，在大家的忙碌穿梭中，就这样愈玩愈高。

用来做屋顶断热的泥浆，浓稠度比建造墙体所需低，主要充当木屑的黏着剂。在屋顶断热层中，木屑是主要的材料，这样屋顶的重量也轻一些。

屋顶断热层的厚度与墙体一样，都是24厘米。在温带的德国，墙体与屋顶断热的厚度要多许多，才能适应冬夏温差极大的气候条件。

为了在屋顶铺上黏土木屑做断热，必须从房子的里侧先架上模板。不知道为什么，在台湾似乎钢丝网要比木料钉的模板好找到。

　　阴雨的日子，屋顶隔热的准备工程开始。在潭南文物馆前，我们木料加工的场地，吃饭聊天的地方，小朋友们也有工程在进行。

　　在屋顶隔热层完成之后，钉上角料，把垂直屋椽的挂瓦条钉高些，留些空间以利屋顶通风。

在屋顶隔热层的表层抹上一层黏土，泥封隔热层以固定木屑。

Tiang加入大伙的工作。他唱的歌我们听不懂歌词，可是听得懂高高兴兴的心情。在屋顶上，与槟榔树、与山峰、与天空更接近。雨停了，真好！

　　因为工程得从不在计划中的地基开挖开始，又加上阴雨连绵，使得整个进度整整延宕了一个星期。3月24日星期一，原本是要开始粉光与制作门窗的第四个星期，但是我们的屋顶断热才要开始。赶紧找大伙又扛上一个大水槽，数算着人数、数算着日子，不得不加紧速度。

　　原来以为在屋顶上挂上瓦片，就像以前的老房子一样。但是到了潭南才发现，如果只照着"想象"做事情，会造成莫名其妙的后果。因为，在台湾现在已经没有人这样做了，当然在潭南也没有。房子盖好是给人住的，不仅应该考虑居住者的舒适与健康，也应该考虑居住者在社区的位置，以及房子在地景与社区中的印象。所以，在屋顶我们盖上烤漆板。在斯特芬放上Rige Cape(脊盖)之后，这栋房子的工程大致完成。

　　其实，很多参与盖房子的志工朋友们已经在昨天3月28日星期五晚上收工后赶回工作与生活的地方。还好，今天仍有一些志工又跑回山上，参与我们原本期待的小小的庆典。不过，这个庆典让人无法想象的大。十二个部落应"主办人"之邀涌进潭南。大家要看什么呢？不过是一栋"以前我们祖先也这样盖"的"德式小木屋"嘛！对！这句话是重点。大家想起来什么以前的记忆/技艺没有？

　　不过，房子里面细部的工程仍在进行中。这栋房子未来的居住者幸老先生，是个每天捡柴禾烧饭的独居老人。问了一下谷长老，决定用泥砌砖、先做个小灶给他，或许是个比现代化厨具要实际的做法。不过，仍有预留瓦斯炉的管线。

　　完成的工程还留有需要整理的工地。清理环境之后，把工具洗干净，一一清点，将剩余的木料与工具一件件搬到卡车上。这个月、四个星期的工程，应该算是到此结束。

　　因为我们够脏，所以够快乐！终于跑到终点，做到我们3月就该盖好的"粗坯屋"。结论：虽然三周无法当四周用，但是"手工打造"仍然可以成事。

　　从外墙比较不醒目的地方开始"试粉"。给非熟手的建议是：粉光的泥浆不要太干、太黏稠，不然会"拉"不开。

　　施作木窗时村长来跟我们说："先别装上玻璃哟！不然他一喝醉就打破了。"他，就是幸老先生啦！

这几张图是计划初始，我们根据谢建筑师的概念在德国找朋友一起画出的设计图。在工程进行中，因应实际的需求有些许的改变，这是在计划中蛮具意义的文件资料。还好照相保存了下来，因为这些文件在兵荒马乱中早已被列为应该搜刮的资源而失去踪影。在工

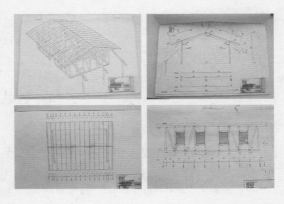

程最后，谢谢所有志工的帮忙，我们终于也可以从叁不五时的演讲比赛中逃回现实的平静。当然，要再好好训练一下神经，好下次再见。

为了补3月延宕一星期的工程进度，2003年9月的最后一个星期，我们特别邀请了一群朋友回到潭南，打算用两个星期给外墙与内墙粗粉光、在外墙上钉上雨淋板，还有制作窗户。早已住进小屋的幸老先生收拾了一下，还不时催促我们动作快一点。在村长的帮忙下，我们有了两坨用怪手挖来的黏土。在阿辉的帮忙下，我们有了小卡载来的沙。

外墙与内墙粉光泥浆的细致程度，要比墙体要求多多了。搅拌泥沙之后，大家努力在池中"摸出"石头。泥与沙的比例大约是1:1，但有的时候沙要多一点，以防干燥之后龟裂太严重。泥浆最好在泡了一天以上再使用，粉光前要先打湿墙体，以免干燥太快导致龟裂。在原本的计划中，粗粉之后的外墙要钉上雨淋板，也有热心的朋友捐了木头了。不过，建筑师强调了好几次："别那么麻烦啦！粉一粉就好。他们都会，你们不用担心。"他们是谁？我不知道。不过因为他的一句话，我们大伙儿赚了一个星期，真是愉快。

不只是盖房子

从能源思考的脉络、从劳动的亲身体验与实践出发，也从友善的人心与单纯对生活的想象出发，我们走进"九二一"灾难的现场。灾难，不仅来自于大自然强大崩解的力量，也来自于人心的疏离与不确定。所以，我们在2003年3月，在南投县信义乡潭南村布农族卡社部落，盖了一座友善的房子。

透过与德国家园协会的合作，我们希望找到透过自助人助——无论是对处于个人人生阶段的弱势，或者是对处在社会群体当中的弱势——还能够活得有尊严的生存价值。

然而，这个生存价值寻得的目的，不在于解决诸如贫穷问题、居住问题与在非民主过程下所产生的能源政策难题等结构性的问题。价值寻得的途径，也不在于透过整体社会的改革。在自助人助的理念下，我们试图跳脱"提纲挈领式"的思考方式，把"结构性问题"在不同的个人生活领域中放大。

这些问题，不会因为个人所拥有不同的学历、出身与收入就存在或不存在，而必须确切认识，弱势是一种状态，存在于每个人、在任何可能的生活与生命阶段。所以，我们需要朋友，需要在自助的情况下友善人心发挥的可能。这种友善的人心，处处存在，而心与心的连接，既不需要透过整体社会改革，也不需要自我牺牲的革命情操，只在人心已经到达位置的阶段，就可以实现。

因此，透过这座友善房子的建造，我们想呼唤朋友，寻找大家在生活与生命中可能的连接。希望透过这样的机会，让本来不可能相遇的可以相遇，让可能找不到出口的可以找到些希望，让感觉孤单的发现还有跟自己相似的人。

透过这次活动的联系，我们知道，有这么多的朋友已经准备好，准备好在自己规律或者千篇一律的生活中，寻找改变的可能。这个希望透过参与所达成的改变，不仅是改变自己，也是期待缓解这个社会中让我们感到无力的压力。

我们的人，其实够多；心，其实也已经到了位置。社会的土壤已经准备好养出这样的花。我们是不是可能提供机会，让一群如果没有特殊机缘就不可能相遇的人相遇，花一点时间，把一件事情做起来。

因此，2003年3月，在南投县信义乡潭南村布农族卡社部落为灾民盖一栋黏土木架屋的活动，是一个试图将因为长久以来疏于练习而不能确定的友善人心连接起来的纽带，是一个呼朋唤友的尝试，也是一个想藉由身体劳动来传达友善工法可以达到节能目的的宣传。也因此，所有参与潭南协力造屋的志工在其中的所作所为，不是为了要帮助谁，也不是为了解决什么别人所无法解决的问题，而在于找到自己，找到友善的自己。

没有人知道下一次的灾难可能在什么时候、在哪里发生。也没有人能够确切计算，属于自己个人的灾难，是不是可能在生命的哪一个阶段出现。这个问题存在的意义，在于我们有能力、有信心，承认自己的不足，承认我们需要朋友。

　　如果，3月潭南所发生的人情、事情与心情是值得书写与传递的，如果，在3月潭南相遇的朋友在回到日常生活轨道中，还能以身体的记忆来赋予曾经刻苦劳动以某种价值，那么这就是，在3月，在潭南，我们所想望并实现的价值——所有"获得"的喜悦，必先经过"汗水"的洗礼。

离（不）开

2003年3月底离开潭南，我们就再也离不开潭南了。与朋友联系的主题常常就是："最近有没有'回'潭南？"潭南，这个一有风雨就常常交通中断成为灾区的地方，不仅成为我们可以"回去"的地方，也是让我领教"近乡情怯"的地方。

2003年5月，一群人想回潭南去看看墙体够不够干，是不是可以粉墙了。村长在电话中跟阿布说："好啦好啦！大家戴口罩，不要把SARS带'回来'喔！"

2003年9月，一群人回到潭南，为房子进行最后的粉墙与门窗制作工作。村长也在电话中说："好啦好啦！我用怪手先挖泥巴，你们就不用那么辛苦了啦！"到了潭南，那两坨泥巴就兀自站在房子前。

2004年5月，我到日月潭开会。会议中，有几个朋友嚷着要到潭南看看当初盖的房子，现在长成什么样子了。于是，开着车，辗转进入比我记忆中更深更远的潭南。傍晚7点，天空飘着小雨，穿过潭南村的那条斜斜的坡路上没有一个行人。隐隐约约的电视声、人声从我们认识的朋友家飘散出来。是晚饭时间了。司阿姨家的灯没有亮，应该是到她妈妈家去了。王伯伯王妈妈家的电视传来卡通的影像，想必是他们的孙子周未回来了。阿敏跟猎人家的门口安安静静的，难道是他们又跑回旧部落寻石板了吗？在那栋我们一起盖起的房子前，遇见背着柴回来的幸老先生。他依然茫茫然酒醉未醒，我也无法摆脱因为"偷窥"而来的些许罪恶感。

是啊！这栋"我们一起盖的房子"已经是"人家家"了。在潭南的居民就成为与我们住的稍远的朋友、亲人，甚至是邻居——没有见着面时各过各的生活，见着面时大家高兴地打招呼，互问日子过的如何。

来到潭南，我们不是进行所谓的重建工作，而是像来到埔里之后就离不开的朋友吴惠莲说的，我们都是上辈子约好见面、以"九二一"为相认标记的朋友啊！"每个人带着自己的生命故事，藉由真实面对自己的生命缺口及朋友间相互的陪伴与提醒，再往下谱出自己独特的生命故事，向前行。"惠莲这样提醒我。

感　谢

　　在这个集众人之力才能完成的盖房子/假期中，我要先向潭南的朋友们深深一鞠躬，感谢他们友善的忍耐与接待。因为我们的到来，又挑起一次"九二一"的记忆。要感谢德国家园协会迪特里希·博德尔施文格牧师的大力帮忙。感谢斯特芬·莫里兹等德国工匠与谢英俊建筑团队的技术支持。感谢纪录片小组涉入与不涉入的拍摄与解决困难。感谢好多朋友以捐款、支援生活必需品与工具，以关心、探望的方式共同参与。

　　同时，为了这本书的书写，为了继续述说这个故事，我要感谢不仅参与造屋、也参与写作与提供相片的亲朋好友们。还要谢谢我在工地摇身一变成为"仁正工头"的仁正老公，他终究没有吵着要回家，乖乖把房子完成。我知道，这对他不是件容易的事情。

　　当然，这一切之所以可能，源自于所有参与志工捐出的时间与付出的劳力。他们之中，有周间管饭吃的，有周末食宿自理的，有我熟识的，也有我不详其名的。谢谢大家。我们共同创造了大家一起劳动的记忆。

参与志工：

王昭代、王嘉宏、王润豪、田葳、白目、朱增宏（悟泓）、江政典、何文绮、何文莹、何函慧、何亮旻、曾翊豪、何美莹、何海龄、吴义孝、何伟敏、何雅苓、何兴亚、吴佳静、吴孟真、吴昱萱、吴挺超、吴嘉苓、吴维纲、吕锦华、李安、李佩桦、李佩懿、孙家梵、孙家阆、李宜珍、李芬芳、李炳煌、李潜龙、邢志英、周定珊、周郑州、林宏珉、林秀华、林育圣、林春美、林美惠、林若珣、

林苑玲、林素绫、林雅茵、林兰芳、邱绣莲、邱滢憓、洪明梅、洪伟绫、
洪慈宜、张上梓、张之芃、张友渔、张白孙、张光骅、张晋嘉、张资晟、
张梦麟、张荣吉、许宏彬、许善理、郭俊成、郭政达、郭思岑、郭维明、
陈文辉、陈世岸、陈宇哲、陈俊昇、陈奕至、陈宣诚、陈建智、陈耻德、
陈婉玲、陈婉婉、陈毓棻、林崇熙、陈裕凯、陈鋕铭、陈忆玲、曾旭正、
曾国智、舒伊娜（Ina Schwarz）、冯小非、黄亚历、黄金凤、黄彦楷、
黄祈贸、黄淑惠、谢孟宇、杨大庆、杨美惠、杨雅婷、祝平次、祝恺辰、
杨雅雯、万丽慧、叶晔 、董皓云、詹琪芬、张凯伊、张明资、廖德兴、
赵咪咪、林泽、林恒、赵慧芝、远藤弘贵（Endo Hiroki）、刘文彦、
刘政玮、欧卓梅、潘志松、潘丽雪、李正文、李茗哲、李茗育、李茗治、
蔡孟麟、蔡哲星、蔡钰铃、郑有舜、郑文真、郑婉如、郑清朝、郑渊仁、
郑雅男、赖金虎、谢杏芬、谢素燕、刘佳林、罗文岑、龚卓军、罗弘维、
罗伟周、罗伟铭、严嘉云、苏崧棱、苏贵美、苏钰茹……